와룡봉추

임영기 新무협 판타지 소설

FANTASTIC ORIENTAL HEROES

와룡봉추 14
임영기 新무협 판타지 소설

초판 1쇄 찍은 날 § 2020년 1월 22일
초판 1쇄 펴낸 날 § 2020년 1월 29일

지은이 § 임영기
펴낸이 § 서경석

총괄팀장 § 노종아
편집책임 § 신나라

펴낸곳 § 도서출판 청어람
등록번호 § 제387-1999-000006호
등록일자 § 1999. 5. 31
어람번호 § 제2-2824호

주소 § 경기도 부천시 부일로 483번길 40 서경B/D 3F (우) 14640
전화 § 032-656-4452 팩스 § 032-656-4453
http://www.chungeoram.com
E-mail § chungeorambook@daum.net

ISBN 979-11-04-92122-3 04810
ISBN 979-11-04-91921-3 (세트)

도서출판 청람

14

와룡봉추

임영기 新무협 판타지 소설

FANTASTIC ORIENTAL HEROES

目次

第一章

다시 세상으로

마침내 탕약이 완성됐다.

삼십 가지 약초가 들어간 탕약을 며칠 동안 계속 졸이고 졸여서 마지막에는 딱 한 번 마실 양으로 만들었다.

명천신의학은 이 탕약의 이름을 영선비절탕(靈仙秘絕湯)이라고 명시했다.

그런데 이 탕약의 특징이자 함정이 하나 있다.

내상을 치료하는 데 탁월한 효과가 있지만 내상을 치료하지 못하게 되는 경우에는 체내의 여러 장기들을 돌이킬 수 없을 정도로 상하게 만든다는 사실이다.

약효가 그 정도로 탁월하고 강한 대신 치명적이라는 얘기다. 체내에 들어간 영선비절탕의 강력한 약효가 무엇이라도 공격을 해야 하는데, 내상이 도저히 넘을 수 없을 지경이라면 오히려 장기들을 공격해서 못 쓰게 만드는 것이다.

세상일이라는 것이 뭐든지 좋을 수만은 없다. 양지가 있으면 음지가 있는 법이다.

화운룡은 영선비절탕의 그런 특성을 알고 있지만 지금으로선 찬밥 더운밥 가릴 처지가 아니다.

화운룡은 자신의 방 한가운데 가부좌의 자세로 앉아 있으며 앞에는 탕약 그릇이 놓여 있다.

구일강 하정 부부에게는 무슨 일이 있어도 내일 아침까지 문을 열지 말라고 당부를 해두었다.

영선비절탕을 복용하고 동시에 운공조식을 병행하고 있는 동안에 외부의 충격이 발생하면 주화입마에 들 수도 있기 때문이다.

"후우……."

화운룡은 길게 심호흡을 하고는 운공조식을 시작했다.

평소보다 세 배 정도 긴 운공조식을 하는 동안 목 아래 대추혈(大椎穴)을 비롯한 가슴과 배의 경계인 중추혈(中樞穴)까지, 그리고 세로 십이 개 혈도와 왼쪽 옆구리 신당혈(神堂穴)에서 오른쪽 옆구리 천지혈(天地穴)까지 여덟 개 혈도만을 제외한 체내의 모든 혈도와 혈맥을 닫았다.

말하자면 가슴 내상 부위의 혈도만 열어두었다. 영선비절탕을 마시면 약효가 오로지 가슴의 내상으로만 직통으로 가게 하려는 것이다.

또한 이렇게 하는 것이 영선비절탕의 약효를 배가시키는 방법이기도 하다.

그리고 약효가 내상 부위가 아닌 다른 장기를 못 쓰게 만드는 것을 방지하는 방법이다.

그 상태에서 화운룡은 두 손으로 탕약 그릇을 집어 틈을 주지 않고 단숨에 마셨다.

아무리 빠른 약이라고 해도 약효가 즉시 발현하지는 않으며 일정 시간 기다려야만 한다.

그사이에 화운룡은 약효가 가장 빠르고 안전하게 내상 부위에 도달할 수 있도록 길을 열어준다.

운명의 시간이 흘러가고 있다. 약효가 내상 부위에 닿으면 두 가지 중에 하나가 일어날 것이다.

치료할 것인가, 아니면 치료를 하지 못하고 장기들을 공격할 것인가이다.

"……."

화운룡은 정신이 몽롱했다. 어째서 갑자기 이런 상태가 됐는지 알 수가 없다. 밑도 끝도 없이, 느닷없이 몽롱한 정신상태가 돼버린 것이다.

'이런… 혼절했었다……!'

어이없는 일이지만 깜빡 혼절했었던 것 같은데 얼마나 시간이 흘렀는지 알 수가 없다.

아마도 약효가 내상 부위에 도달한 순간의 충격이나 극심한 고통 때문인 것 같았다.

그리고 그 순간 그는 가슴이 온통 너덜너덜 해체되는 듯한 극심한, 아니, 처절한 고통이 휘몰아치는 것을 느꼈다.

'허으윽……!'

태어나서 이런 고통은 정말이지 처음이다. 세 번에 걸쳐서 가슴 부위의 마비를 풀려고 시도했다가 당했던 고통은 이것에 비하면 아무것도 아닐 정도다.

'끄으으……'

그는 아직 모르고 있지만 아까 혼절했을 때 화운룡은 이미 뒤로 쓰러져서 누운 자세가 되었다.

그는 두 손으로 가슴을 쥐어뜯으면서 사지를 버둥거리는데, 두 눈에서 눈동자가 사라지고 흰자위만 보였고 벌린 입에서는 가래 끓는 소리가 흘러나왔다.

정신력과 수양심이라면 초인적인 그가 이 정도이니 가히 이

고통이 어느 정도인지 짐작할 수 있을 터이다.

그런데 이런 극한 상황에서도 그는 지금 자신이 혼절하면 약효가 내상 치료를 포기하고 장기들을 공격할지도 모른다는 생각이 들었다.

그 순간, 그가 그런 예상을 하자마자 가슴 부위를 가득 채웠던 약효가 느닷없이 역류하기 시작했다.

약효라는 것은 물과 같다. 물은 높은 곳에서 낮은 곳으로 흐르지 절대로 높은 곳을 기어오르지 않는다. 약효 역시 앞에 장벽이 있으면 넘으려고 하지 않고 우회하거나 되돌아서 나가려는 습성이 있다.

우려하던 일이 벌어지고 있다. 내상이 너무 극심해서 영선비절탕의 약효가 치료를 거부하고 있는 것이다.

역류라는 것은 왔던 곳으로 되돌아 나가는 것이다. 다시 말해서 약효가 가슴의 내상 부위 바깥으로 쏟아져 흘러나가려고 하는 중이다.

고통이 극에 달한 순간에도 화운룡의 뇌리를 스치는 몇 가지 짧은 생각들이 있다.

여기에서 무너진다면 죽을 것이고 그러면 다시는 옥봉을 만나지 못한다.

삼라만상 본질은 물극필반(物極必反) 즉, 모든 사물의 형세는 발전이 극에 달하면 반드시 뒤집혀서 반대 현상이 일어나게 되어 있다.

그러므로 지금의 이 극심한 고통을 조금만 더 견디면 반드시 기세가 꺾여서 평온을 되찾게 된다는 믿음이다.

'으으윽……'

정신력이라고 하면 화운룡이다. 팔십사 년 동안 살았던 미래에서도 오로지 정신력 하나로 무적검신을 거쳐서 십절무황이 되어 천하일통의 찬란한 업적을 세우지 않았던가.

그 당시의 그는 인간이 아닌 신의 정신력을 지니고 있었다. 지금이 그것을 발휘해야 할 때다.

'곧 물극필반이 온다… 으으으… 견뎌야 한다……'

그는 아스라이 꺼져가는 정신의 끄트머리를 부여잡고, 운공조식으로 약효가 내상 부위 밖으로 흘러넘치지 못하도록 사력을 다해서 막았다.

그러나 운공조식을 하는 것인지 그저 운공조식을 하겠다는 마음만 먹고 있는 것인지 그 자신도 알지 못했다.

'태자천심운……'

그때 그는 문득 자신의 체내에서 상시 운공조식을 하고 있는 태자천심운이 생각났다.

일반적인 운공조식은 스스로 시도를 하는 것이라서 불가항력적인 상황에서는 실행할 수가 없지만, 태자천심운은 그 어떤 상황하에서도 상시 작동하고 있는 것이므로 그것을 이용하면 될 터이다.

말하자면 원래 흘러가는 물길을 다른 방향으로 바꿔주기만 하면 되는 것이다.

그렇게 하는 것을 지금껏 단 한 번도 시도해 본 적이 없지만 지금으로선 방법이 그것뿐이다.

이런 처절한 고통 속에서는 도저히 자의적으로 운공조식을 시도할 자신도 능력도 없다.

'끄으으……'

그는 태자천심운이 원래 주천하는 길목을 차단하고 새로운 길을 열어 약효가 내상 부위 밖으로 흘러넘치지 않도록 가슴 주변을 봉쇄시키려고 전력을 쏟았다.

그렇지만 이것 역시 그가 실제로 전력을 쏟고 있는 것인지 아니면 마음만 그런 것인지 알 수가 없다.

마침내 고통이 극에 달했다. 정신력도 수양심도 이쯤에서는 아무짝에도 소용이 없다.

물극필반이라는 것이 찾아오기 전에 몸이 폭발하고 머리가 터져 버릴 것만 같다.

'흐으으… 제발……'

태자천심운이 새로 지정해 준 행로를 따라서 물길을 돌려 내상 부위를 막고 있는지 어쩐지 알 수 없는 상황에서 그는 처절하게 발버둥을 쳤다.

이대로 죽으면 옥봉을 다시는 만나지 못한다는 절박함이 없었다면, 이처럼 처절하게 발악하지도 않고 그저 겸허히 죽음을 받아들였을 것이다.

그리고 그는 마지막으로 약효가 내상 부위 밖으로 흘러넘치는 것 같은 아련한 느낌을 받았다.

"아악! 무사님!"

하정이 찢어지는 비명을 지르면서 방으로 달려 들어와 화운룡을 부둥켜안았다.

화운룡이 구일강 하정 부부에게 무슨 일이 있어도 방에 들어오지 말라고 다짐을 했었지만, 그가 사흘씩이나 방에서 나오지 않자 하정은 도저히 가만히 있을 수가 없었다.

화운룡은 옆으로 쓰러져 있었는데 입에서 토했는지 시커먼 핏덩어리가 앞쪽 바닥에 두어 사발이나 쏟아져 있으며 지독한 악취가 풍겨졌다.

화운룡은 눈을 꼭 감고 있으며 손가락 하나 움직이지 않아서 하정은 그가 죽었을지도 모른다는 생각을 하자 심장이 철렁 내려앉았다.

"아아… 무사님……."

그녀는 화운룡의 머리를 품에 안고 뺨을 쓰다듬으면서 안타깝게 부르다가 퍼뜩 생각이 나서 그의 코에 귀를 바싹 갖다 대고 숨을 쉬고 있는지 확인해 보았다.

화운룡이 고르게 숨을 쉬고 있는 것을 확인한 후에야 하정은 안도의 표정을 지었다.

그녀는 급한 대로 자신의 옷으로 화운룡의 입가에 더럽게 묻은 검은 액체를 닦아내고 밖을 향해 소리쳤다.

"현악아! 아버지 모셔 오너라! 어서!"

현악이 아버지를 데리러 간 사이에 하정은 눈물을 흘리면서 화운룡의 뺨을 부드럽게 쓰다듬었다.

"돌아가시면 안 돼요… 정신 좀 차리세요……."

화운룡은 열흘 동안 혼절해 있으면서 간헐적으로 꾸역꾸역 악취 나는 시커먼 액체를 토해냈다.

가슴에 입은 내상이 지난 일 년 동안 곪고 썩으면서 흉강(胸腔)에 고여 있던 피고름이다.

그 양이 얼마나 많은지 열흘 동안 토해낸 피고름이 서너 바가지는 될 것 같았다.

화운룡이 혼절한 지 사흘째에 그를 발견한 하정은 그날부터 꼼짝도 하지 않고 그의 곁을 지켰다.

그녀와 구일강, 현악, 노모에게 이미 화운룡은 가족 그 이상의 존재였다.

"행복하세요?"

천하에서 가장 아름다운 여인이 화운룡의 머리카락을 부드럽게 쓸어 넘기면서 고즈넉한 목소리로 물었다.

눈을 감은 화운룡은 그녀의 손길과 체취를 음미하느라 대답하지 않았다.

여인이 살짝 그의 코를 비틀었다.

"대답하세요."

코를 잡힌 화운룡은 익살스러운 목소리로 대답했다.

"행복해서 죽을 지경입니다요, 마님."

여인은 그의 코를 놓고 고개를 젓히며 아름나운 교소를 터뜨렸다.

"아하하하하!"

화운룡은 웃음소리를 듣다가 정신을 차렸다.

"……."

눈을 뜬 그는 이곳에는 천하에서 가장 아름다운 여인이 없다는 사실을 깨달았다.

그 대신 침상에 하정이 엎드려서 자고 있는 모습이 보였다.

화운룡은 어떻게 된 일인지 생각을 더듬으려는데 혼절하기 직전의 상황이 번쩍 떠올랐다.

'내상 치료!'

영선비절탕의 강력한 약효가 내상 부위에서 역류하여 상처 밖으로 흘러나오려는 것을 태자천심운으로 막으려고 안간힘을 썼던 일이 마지막 기억이다.

그런데 그가 깨어나 하정이 침상에 엎드려서 잠이 든 것을 보니까 죽지는 않았다.

일단 그건 제쳐두고 방금 전에 꾸었던 꿈, 아니, 그것은 꿈 같지가 않았다. 어쨌든 그게 무엇인지 돌이켜 보았다.

눈을 껌뻑거리던 그의 망막에 한 여인의 아름다운 얼굴이 눈부시게 떠올랐다.

'종초!'

화운룡은 움찔 놀랐다. 꿈 같지만 결코 꿈 같지 않은 조금 전의 그 상황이 너무도 생생했다.

연종초. 북경의 어느 주루에서 우연히 만나 술이 만취되어 뜻하지 않게 하룻밤 연정을 나누었던 미지의 여인이다.

화운룡은 눈살을 찌푸렸다. 이건 말도 안 되는 일이다. 당연히 옥봉이어야 할 꿈속의 여자가 어째서 연종초라는 말인가.

화운룡은 연종초와 헤어진 이후 단 한순간도 그녀를 떠올린 적이 없었을 정도로 까맣게 잊고 있었다.

옥봉은 천만 번도 더 생각했지만 연종초라는 여자가 존재했었다는 사실조차도 모를 만큼 기억나지 않았었다.

그런데 어째서 꿈인지 뭔지에 옥봉이 아니라 그 여자가 나타났으며, 그녀 품에서 행복에 겨워죽겠다고 변죽을 울리는 자신의 모습은 무엇인지 어이가 없을 정도가 아니라 짜증이 휘몰아쳤다.

그러다가 그는 문득 내상이 완치됐다는 사실을 깨달았다. 그것은 확인하고 자시고 할 것이 없다. 그냥 생각하자마자 알게 되는 것이다.

왜냐하면 공력을 완전히 되찾았기 때문이다. 공력을 회복하지 못했다면 가슴의 내상이 완치됐다는 사실을 확인하는 데에도 얼마간의 시간이 필요했을 것이다.

불을 켜지 않아서 실내는 캄캄했지만 화운룡에게는 대낮이나 다름이 없다.

그는 물끄러미 하정을 바라보았다. 무슨 일이 있었는지 눈으로 보지 않았어도 짐작할 수 있을 것 같았다.

화운룡이 내상을 치료하다가 혼절했고 꽤 많은 시간이 지나도록 그가 방에서 나오지 않으니까 하정이 들어왔을 것이다.

물론 하정이 그를 살리지는 않았다. 태자천심운이 역류하는 약효를 제대로 막았기 때문에 가슴의 내상을 치료한 것이고 그 덕분에 공력을 되찾았다.

하정은 그저 이유 없이 고마운 사람이다. 그녀만이 아니라 이 집 가족 모두 화운룡에게는 그지없이 선한 사람들이다.

할 수만 있다면 옥봉과 함께 언젠가 용황락 같은 곳에서 살게 될 때 하정 가족도 데려가고 싶은 마음이다.

*   *   *

화운룡은 구일강에게 갖고 있던 돈 중에서 은자 오십 냥을 주었다.

마음 같아서는 금화 이십 냥도 다 주고 싶지만 금화는 구일강 가족에게 독이 될지언정 이로울 것 같지 않았다. 구일강이 금화를 사용하려다가 도둑으로 몰리거나 남들에게 해코지를 당할 가능성이 크다.

구일강과 하정은 화운룡의 행동을 보고 그가 떠나려고 한다는 사실을 직감했다.

화운룡의 입에서 떠나겠다는 말이 떨어지자마자 굵은 눈물을 흘리는 구일강을 비롯하여 하정과 현악, 노모까지 집안은 울음바다가 됐다.

흐느껴 우는 그들을 보면서 화운룡은 마음이 착잡했지만 아무런 약속도 하지 않았다.

그저 건강하고 무탈하게 잘 있으라는 말만 하고 한 사람씩 안아준 후에 집을 나섰다.

구일강을 비롯한 가족 모두 울면서 화운룡을 뒤따랐다.

그렇지만 화운룡은 한 번도 뒤돌아보지 않고 점점 깊은 산속으로 걸어 들어갔다.

그는 경공을 사용하지 않았지만 걸음이 워낙 빨랐기 때문에 잠시가 지났을 때 구일강 가족은 그를 놓치고 말았다.

갑자기 현악이 울부짖었다.

"으아앙! 무사님, 가지 말아요!"

구일강이 현악의 머리를 쓰다듬었다.

"현악아, 무사님은 다른 불쌍한 사람들을 도우러 가셨단다."

이들 가족이 힘없이 발길을 돌려 집으로 가고 있을 때 추적추적 봄비가 내리기 시작했다.

화운룡은 안풍현에 도착한 이후에 '천신국(天神國)'과 '천신계(天神界)'라는 말을 가장 많이 들었다.

거리를 오가는 거의 모든 사람들의 대화에서 '천신국'과 '천신계'라는 말이 흘러나왔다.

천신국과 천신계는 천외신계를 달리 부르는 명칭이다.

일 년 만에 천하의 주인이 바뀌었다. 대명제국은 물론이고 중원무림과 천하가 천신계에게 장악되었다.

그럴 것이라고 짐작했지만 막상 현실로 드러난 것을 확인하니까 화운룡의 마음은 착잡하기 짝이 없다.

화운룡은 내력변용천공으로 용모를 조금 바꿨다. 예전의 준수한 모습을 약간 강인하게 바꿨을 뿐인데 아주 다른 사람으로 보였다.

또한 내상을 치료하느라 열흘 정도 깎지 않은 수염도 그에게 썩 잘 어울렸다.

그는 안풍현 거리를 천천히 걷다가 제일 먼저 눈에 띄는 주루에 들어갔다.

당금 중원과 무림에 대해서 조금 더 알려면 주루만 한 곳이 없으며 배가 고프기도 했다.

차륵…….

흑의 경장 차림에 후리후리하게 큰 키, 검 한 자루를 어깨에 멘 화운룡이 주루에 들어섰다.

그런데 하필 가는 날이 장날이라고 주루 안은 손님들이 가득 들어차서 앉을 곳이 없었다.

화운룡이 돌아서 나가려는데 점소이가 다가와서 합석도 괜찮으면 자리가 있다고 했다.

화운룡이 괜찮다고 했더니 점소이가 그를 이끌고 안쪽 후미진 구석 쪽의 탁자로 가더니 그곳에 앉은 두 사람에게 합석해도 괜찮으냐고 양해를 구했다.

그들은 젊은 일남일녀인데 화운룡을 힐끗 보더니 흔쾌히 허락해 주었다.

그뿐만 아니라 일남일녀는 원래 마주 보고 앉았었는데 남자가 일어나서 여자 옆에 앉으며 화운룡의 자리를 마련해 주었다.

화운룡은 점소이에게 몇 가지 요리와 술을 주문하고는 기다리는 동안 천천히 주루 안을 둘러보았다.

그는 이미 이곳에 들어섰을 때부터 여러 사람들의 대화를 들었으며 그중에서 흥미 있는 내용을 말하고 있는 무리를 창쪽에서 찾아냈다.

화운룡에게서 탁자 하나 너머에 있는 그들은 도검을 지닌 무림인이며 세 명인데, 천신계의 만행에 대해서 핏대를 올리며 성토하고 있었다.

주루 내의 사람들이 대화하고 있는 주된 내용은 천신계가 얼마나 중원무림을 억압하고 있는지, 그리고 피도 눈물도 없이 악독, 잔인한지에 대한 것이 대부분이다.

그런데 탁자 하나 건너의 무림인 세 명은 전혀 색다른 대화를 나누고 있는 중이다.

그들은 무력신패(武歷信牌)라는 것을 지니고 있지 않아서 행동하는 데 고생하고 있으며, 그것을 얻으려면 중원 각 지역을 관장하는 천신계의 분계(分界)에 가서 매우 복잡한 절차를 거쳐야 한다는 것이다.

웬만큼 대화를 듣고 난 화운룡은 무력신패가 무엇인지 알게 되었다.

대명제국의 백성이라면 누구나 호구패(戶口牌)가 있어야 하듯이 무림인에게는 무력신패가 있어야 한다는 것이다.

그런 새로운 제도를 정한 곳이 천신계다. 무림인이라면 반드시 천신계에서 발급하는 무력신패를 항상 몸에 지니고 다녀야 하며, 무림인이 무력신패를 지니고 있지 않은 사실이 발각되면 즉각 끌려가서 혹독한 취조와 고문을 당해야 한다.

그 과정에서 천신계에 저항하는 꽤 많은 불순분자들이 색출되고 있으며, 그들은 가차 없이 처형을 당하고 불순분자가 아니라고 하더라도 자신의 신분을 증명하지 못하면 뇌옥에 감금당해 고초를 겪는다는 것이다.

천신계는 중원무림을 장악한 것으로도 모자라서 무력신패라는 것으로 전 무림인들의 일거수일투족을 감시하고 있다.

탁자 하나 건너 세 명의 무림인은 이류고수 정도인데 특정한 방파나 문파에 속해 있지 않아서 무력신패를 발급받는 것이 한층 더 어렵다고 투덜거렸다.

주문한 요리와 술이 나와서 화운룡은 먼저 술부터 한잔하고 여유 있게 식사를 시작했다.

그는 무력신패 같은 것에는 추호도 신경 쓰지 않았다. 현재 그의 관심사는 오로지 옥봉을 비롯한 비룡은월문 사람들의 안위다.

그들이 어떻게 됐는지 자신의 눈으로 확인하고 나서야 무엇을 할지 할 일을 정할 수 있을 것 같다.

그런데 갑자기 주루 안이 무덤 속처럼 조용해졌다.

화운룡이 쳐다보니까 주루 안으로 막 다섯 명이 들어서고 있는 중이다.

그런데 그들을 본 화운룡의 미간이 슬쩍 찌푸려졌다.

중원의 복장하고는 다른 조금 별난 녹의를 입은 고수들인데 화운룡은 그들이 천외신계 최하급인 녹성고수라는 것을 한눈에 알아보았다. 녹성 즉, 녹색 별의 문양이 하나 새겨져 있으면 녹보(綠輔), 두 개인 앙녹성고수는 녹사(綠士), 세 개 삼녹성고수는 녹정(綠精)이다.

그리고 녹색 별 네 개부터 정예인 녹투정수라고 불린다.

화운룡이 봤을 때 저들 다섯 명은 녹성 하나짜리 녹보다.

천외신계 놈들을 하도 많이 상대해 본 덕분에 이젠 척 보면 안다.

저들 녹보보다 세 단계 위인 녹투정수가 화운룡에게 수천 명이나 죽었었다.

아마 천하에서 천외신계 고수를 화운룡보다 많이 죽인 사람은 아무도 없을 것이다.

화운룡은 그들을 신경 쓰지 않고 식사를 계속했다.

그런데 주루에 들어온 녹보 다섯 명은 입구에서부터 무림인들만 골라서 차례차례 무력신패를 지니고 있는지를 조사하기 시작했다. 말하자면 불심검문이다.

무력신패가 없는 몇 명이 슬그머니 일어나서 주루를 나가려다가 걸렸다.

"너희들, 이리 와라!"

녹보 한 명이 소리치자 도망치려던 자들은 찍소리도 못 하고 어깨를 늘어뜨린 채 녹보에게 다가갔다.

녹보에게 꼼짝도 하지 못한다는 것은 그들의 무서움을 익히 알고 있다는 뜻이다.

녹보는 그들을 한쪽 벽 아래에 나란히 무릎을 꿇게 한 후에 마혈을 제압했다.

화운룡은 그들에게 눈길도 주지 않고 술을 마시면서 느긋하게 식사를 계속했다.

잠시 후에는 녹보들이 화운룡에게도 무력신패를 요구하겠지만 수틀릴 경우 죽여 버리면 그만이다.

누가 화운룡을 본다면 세상 물정을 전혀 모르거나 녹보 따위는 전혀 두려워하지 않는 것 같았다.

일남일녀는 그런 화운룡을 유심히 살펴보았다.

두 사람이 보기에 화운룡의 외모는 꽤나 강인한 모습이어서 한가락 재주가 있는 것 같았다.

화운룡에게서 탁자 하나 건너 세 명의 무림인들은 녹보들이 점점 가까이 다가옴에 따라 극도로 초조하여 어쩔 줄 모르는 기색이 역력했다. 그로 미루어 그들은 무력신패가 없는 게 분명했다.

화운룡이 술잔을 입으로 가져가면서 맞은편의 일남일녀를 슬쩍 보니까 그들은 화운룡이 익히 잘 알고 있는 표정을 짓고 있었다.

즉, 싸움에 직면하여 투지에 불타는 비장한 표정인데 아마도 녹보들과 한바탕 싸움을 벌이려는 것 같았다.

주루 안의 절대다수는 고분고분하거나 초조한 표정인데 반해서 일남일녀만 비장한 표정이다.

어느덧 녹보들은 검문을 거의 다 마쳐가고 있다. 아까 도망치려던 자들을 제외하고는 모두 무력신패를 지니고 있어서 소란은 벌어지지 않았다.

녹보 두 명이 화운룡에게서 탁자 하나 건너 세 명의 무림인에게 다가갔고 나머지 세 명의 녹보는 화운룡과 일남일녀가 있는 탁자로 걸어왔다.

일남일녀는 다가오는 녹보들을 등지고 있는 자세이며 얼굴에서 살기가 감돌았다.

차륵…….

그때 주루 입구의 주렴이 걷어지면서 일단의 무리가 우르르 들어서는데 하나같이 무림인이다.

녹보 중에 한 명만이 주루 입구를 돌아보았다.

그들은 모두 다섯 명이었으며 들어서자마자 일제히 무기를 뽑으면서 녹보들을 향해 곧장 짓쳐왔다.

차차차창!

이런 상황이면 놀랄 법도 한데 녹보들은 전혀 놀라지 않고 즉각 검을 뽑아 그들을 마주쳐 나갔다.

화운룡이 알고 있는 천외신계 고수들은 두려움이라는 것이 존재하지 않는다.

그들은 죽음에 직면해서도 외눈 하나 까딱하지 않을 정도였다. 천여황과 천신국에 대한 충성심 때문이다.

그때 화운룡 맞은편의 일남일녀가 재빨리 일어나더니 어깨의 검을 뽑으며 뒤돌아보고 있는 녹보들의 배후를 맹렬하게 공격했다.

쉬익! 쌔액!

일남일녀는 뒤돌아선 두 명의 녹보를 각각 공격했으며 두 명의 녹보는 움찔하는 것 같더니 조금도 놀라지 않고 벼락같이 몸을 돌리면서 검을 휘둘러 방어를 하는데, 그 수법이 꽤나 민첩하고 매끄러웠다.

카카캉!

화운룡이 보기에 일남일녀는 녹보보다 반 수 정도 고강한 수준이다.

녹일성의 녹보의 실력이 일류고수를 상중하로 나누었을 때 중상 정도인데 그보다 고강하다면 일남일녀는 상급의 일류고수라고 할 수 있다.

그렇지만 조금 전 주루에 들어와서 녹보들을 공격한 다섯 명은 녹보보다 반 수 아래인 일류고수 중에 중쯤 되는 수준이다.

그러므로 세 명의 녹보가 다섯 명을 상대하고, 일남일녀가 두 명의 녹보와 싸운다면 최종적으로는 근소한 차이로 녹보들이 패할 것이다.

그러나 반 수 차이의 싸움은 금세 결판이 나지 않고 오래 끌게 될 것이다.

그렇기 때문에 일남일녀와 그들의 동료로 보이는 다섯 명 도합 일곱 명은 최대한 속전속결로 녹보들을 죽이지 않으면 곤란한 지경에 처할 것이다.

만약 이 시점에서 녹보가 두세 명만 더 보충된다면 전세가 역전될 테니까 말이다.

주루에 있던 사람들은 슬금슬금 주루를 빠져나갔으며 잠시 후에는 싸우는 무리 외에는 구석 쪽에 있는 화운룡과 탁자 하나 건너에 있던 세 명의 무림인, 그리고 한쪽 벽 아래 마혈이 제압된 무력신패가 없는 네 명만 남았다.

탁자 하나 건너 세 명의 무림인은 녹보들이 싸우고 있는 동안 충분히 도망칠 수 있는데도 그러지 않고 몸을 움찔거리고 있는 것이 아마도 일남일녀 일행을 도울 것인가 말 것인가를 갈등하는 것 같았다.

그들 세 명은 서로 빠른 어조로 나직하게 말을 주고받다가 결국 일남일녀 쪽을 돕기로 결정하고 즉시 도검을 뽑아 싸움에 가담했다.

세 명의 무림인이 일남일녀 쪽을 돕는 것은 순전히 의협심인 것 같았다.

평소에는 서로 모르는 사이라고 해도 천외신계라는 공동의 적 앞에서 중원 사람들은 끈끈하게 뭉쳐지는 것이다.

이렇게 되면 녹보들의 패배가 분명한 것 같지만 화운룡은 주루 밖 멀지 않은 곳에서 네 명이 경공을 전개하여 주루로 달려오는 기척을 감지했다.

아마도 그들 네 명은 녹보일 것이다. 경공으로 봐서 녹보 이상 수준은 아니다.

화운룡 옆에 있던 무림인 세 명의 가담으로 주루 내의 싸움은 일남일녀 쪽의 명백한 우세가 됐다.

그들 총 열 명은 녹보 다섯 명을 주루 가운데 모아놓고 포위한 형세로 맹공격을 퍼붓고 있다.

콰차차차창! 채채챙!

탁자와 의자가 날아다니다가 부서지고 주루 안에는 무기 부딪치는 소리가 요란했다.

화운룡은 술잔을 손에 쥐고 묵묵히 싸움을 지켜보았다.

이들은 서로 한마디도 하지 않고 갖가지 기합 소리와 씩씩거리는 콧김을 내뿜으며 치열하게 싸웠다.

그때 일남일녀의 청의 경장을 입은 이십 세 정도의 소녀가 매끄러운 검법을 발휘하여 검으로 녹보 한 명의 옆구리를 베었다.

"흑……."

그 순간 기회를 놓치지 않고 청의 소녀와 같이 앉아 있던 이십오 세 정도의 남의 청년의 검이 옆구리를 베이고 주춤하는 녹보의 목을 깊이 찔렀다.

푹!

"흐억!"

바로 그때 주루 안으로 네 명의 녹보가 쏟아져 들어왔다.

그들은 짓쳐들어온 기세를 몰아 입구 쪽을 등지고 있던 청의 소녀의 동료들의 배후를 공격했다.

"우왁!"

"아악!"

청의 소녀의 동료 두 명이 피를 뿌리며 쓰러졌다.

녹보 네 명의 가세와 청의 소녀 동료 두 명의 죽음으로 전세는 갑자기 청의 소녀 쪽이 급격하게 기울어졌다.

녹보 여덟 명과 청의 소녀를 비롯한 여덟 명의 싸움은 이미 결과가 나와 있었다.

그들이 싸우거나 말거나 어느덧 술 한 병을 다 마시고 식사를 마친 화운룡은 천천히 일어나서 주루 입구로 걸어갔다.

오불관언(吾不關焉). 내 일이 아니면 남의 일에 참견하지 않는 것이 그의 철학이다.

무리는 넓은 주루 한가운데에서 싸우고 있으므로 창 쪽 가장자리로 걸어서 나가는 화운룡을 아무도 막지 않았고 그럴 겨를도 없다.

카차창!

"아앗!"

그때 녹보 두 명의 맹렬한 협공을 받으며 위기에 처해 있던 청의 소녀가 급히 뒤쪽으로 몸을 날려 피하다가 걸어가고 있는 화운룡에게 부딪쳐 왔다.

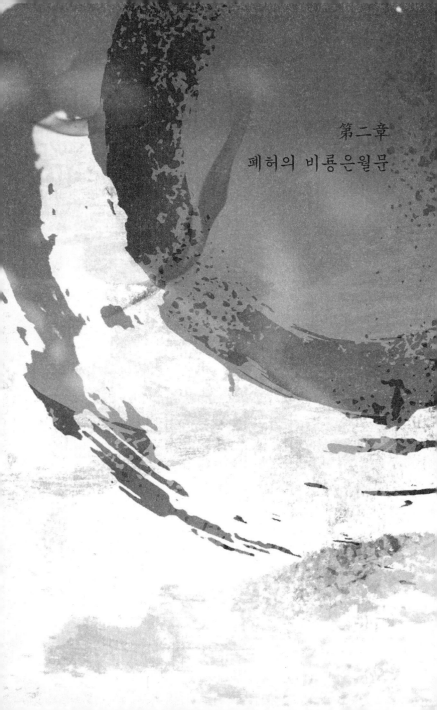

第二章
폐허의 비룡은월문

그와 동시에 그녀를 공격했던 두 명의 녹보가 그림자처럼 뒤따르면서 공격을 퍼부었다.

쌔애액! 쌔액!

청의 소녀는 급히 피하느라 그 어떤 반격의 자세를 취하지 못할 상황이 돼버렸다.

만약 화운룡이 청의 소녀를 피한다면 무방비 상태인 그녀는 치명상을 입게 될 것이다.

화운룡은 이런 상황에서까지 오불관언을 고집할 만큼 냉혈한이 아니다.

그는 등을 보이고 상체가 뒤로 쓰러진 자세로 부딪쳐 오는 청의 소녀를 왼팔로 가볍게 안는 것과 동시에 오른손으로 그녀의 오른팔을 잡아 슬쩍 한 차례 떨쳤다.

순간 청의 소녀는 순간적으로 오른팔이 찌릿한 것을 느꼈다. 그것은 마치 번갯불이 그녀의 팔을 관통한 것 같은 괴이한 느낌이다.

사실 그것은 화운룡의 공력의 그녀의 오른팔을 통해서 그녀가 쥐고 있는 검으로 주입되었기 때문이다.

다음 순간 청의 소녀는 자신이 어느새 공격해 오는 두 명의 녹보 사이를 교묘하게 미끄러지듯이 비집고 들어가고 있음을 깨닫고 크게 놀랐다.

그것은 그녀가 아니라 화운룡이 그녀를 안고 녹보 사이를 파고든 것이며 그런 사실을 그녀가 모를 리 없다.

파파아아!

"크으……."

"끅……."

그리고 두 마디 답답한 신음 소리가 들렸다.

청의 소녀가 미처 정신을 차리기도 전에 그녀의 좌우에서 두 명의 녹보가 둔탁하게 쓰러졌다.

쿠쿵!

청의 소녀는 화운룡에 의해서 바닥에 사뿐히 세워졌다.

그녀가 급히 두리번거리면서 찾아보았으나 화운룡의 모습은 보이지 않았다.

화운룡은 태주현으로 가기 위해서 관도를 걸어가고 있다.

천하가 천외신계에게 장악이 됐든 말든 관도의 풍경은 예나 지금이나 변함이 없다.

화운룡은 마음이 급했지만 서둘지 않았다. 태주현까지는 이 관도가 가장 빠른 길이다.

그렇지만 사람 통행이 많은 관도에서 절세적인 경공을 전개하는 것은 내키지 않는 일이다.

천외신계의 천하가 됐으므로 경공을 전개하다가 사람들의 이목을 집중시켜서 괜한 분란을 일으킬 필요는 없다.

원래 입고 있던 흑의 경장이 눈에 잘 띄고 색이 바래 낡았지만 그로서는 버릴 수가 없다.

사랑하는 옥봉이 밤을 새워가면서 손수 한 땀 한 땀 지어준 소중한 옷이기 때문이다.

그는 보통 사람들보다 조금 빠른 걸음으로 걸으면서 옥봉과 가족, 측근들에 대해서 골똘한 생각에 잠겼다.

그가 안풍현을 이십여 리쯤 벗어난 곳에 이르렀을 때 뒤에서 부르는 여자의 목소리가 있다.

"이것 봐요. 잠깐 기다려요."

그리 크지 않고 나직하며 차분한 목소리인데 화운룡은 그녀가 누군지 보지도 않고 즉시 알아차렸다.

그가 걸음을 멈추지 않고 똑같은 걸음걸이로 계속 걸어가자 목소리의 주인이 달려와 그의 옆에서 나란히 걸으며 그를 쳐다보았다.

"아까 주루에서 도와줘서 고마웠어요."

그녀는 주루에서 화운룡 맞은편에 앉았던 일남일녀의 청의 소녀였다.

그녀 뒤에는 같이 있었던 남의 청년이 따르고 있지만 그는 앞으로 나서지 않고 묵묵히 뒤따르기만 했다.

화운룡이 자신을 쳐다보지도 대구를 하지도 않은 채 걷기만 하자 청의 소녀가 그의 팔을 잡았다.

"잠깐 멈춰서 얘기 좀 해요."

척!

"아……."

화운룡이 잡힌 팔을 빼면서 오히려 자신의 팔을 가볍게 잡자 그녀는 움찔 놀랐다.

화운룡은 걸음을 멈추고 담담한 얼굴로 청의 소녀를 보면서 말했다.

"다시 한번 내게 손을 대면 혼내줄 테다."

"……."

청의 소녀는 순간적으로 멍해졌다. 그녀는 많지 않은 이십 년 세월을 살아오면서 지금 같은 경우는 처음 당해본다.

그녀는 자신이 살고 있는 지방에서 제대로 한 미모를 하는 덕에 수많은 남자들이 주위에 몰려들어 애정 공세를 펼쳤을지언정 그녀가 스스로 손을 뻗어 외간 남자의 팔을 잡은 적은 조금 전이 처음이었다.

그런 그녀가 다른 이유가 있는 것도 아니고 목숨을 살려준 구명지은에 대해서 고마움을 표하려고 팔을 잡았는데 상대 남자에게 꾸지람을 들었다.

그것도 상대가 대단한 냉혈한이어서 함부로 몸에 손을 대면 죽인다거나 손을 자르겠다는 섬뜩한 위협을 하는 것도 아니고 단지 혼내주겠다는 것이다. 그것도 반말로 말이다.

마치 어린아이가 무언가 만져서는 안 될 물건을 만졌을 때 어른이 떼찌! 하고 혼냈을 때의 묘한 기분 같은 것을 느낀 청의 소녀는 조금 혼란스러워졌다.

그녀가 어리둥절하고 있는 사이에 화운룡은 이미 오 장이나 성큼성큼 걸어가고 있어서 그녀는 종종걸음으로 부리나케 그를 따라갔다.

"미안해요. 그렇지만 구명지은에 대해서 감사하고 싶어요."

화운룡은 여전히 그녀를 쳐다보지도 않고 대꾸했다.

"조금 전에 고맙다고 말했으니까 됐다."

"……."

청의 소녀는 기가 막힌다는 표정을 지었다. 그녀 얼굴에는 '뭐 이런 남자가 다 있어?'라고 적혀 있었다.

하지만 그녀는 이 남자가 결코 평범하지 않다는 사실을 다시 한번 깨달았다.

아까 주루에서 녹보들이 들이닥쳐 검문을 하고 있는데도 앞에 앉은 그가 묵묵히 식사를 하는 모습을 보고 평범하지 않은 사람이라고 여겼었는데, 지금은 평범하지 않은 것 즉, 비범을 넘어서 매우 특별한 사람이라는 생각이 들었다.

그녀는 분명히 조금 전에 '주루에서 도와줘서 고맙다'라고 말을 했었다.

보통 그렇게 말하는 이유는 정식으로 감사를 표하기 전에 운을 떼기 위해서 던지는 말인데 이 남자는 그것으로 보답이 됐다는 것이다.

이런 경우 역시 청의 소녀는 처음 겪는 것이다. 원래는 은혜를 베푼 사람이 조금 거들먹거리면서 됐으니까 예를 거두라거나 자신은 단지 협의로써 도왔을 뿐이니까 마음에 두지 말라는 식의 겸양을 부리는 게 상식적인 광경이다.

그런데 눈앞의 이 남자는 청의 소녀가 은혜에 대해서 치하를 하려는 것 자체를 원천적으로 봉쇄하고 있다.

그러는 것을 몹시 귀찮아하는 것이 분명하다. 역시 특별한 남자가 분명하다.

그가 가식을 떠는 것이 아니라 정말로 귀찮게 여긴다는 것을 청의 소녀는 알아보았다.

이 남자는 그걸로 됐다고 하지만 청의 소녀는 되지 않았다. 제대로 고마움을 표시하지 못한 그녀는 기분이 매우 찝찝했다. 이런 께름칙한 기분 역시 난생처음이다.

그녀가 어이없는 표정을 지으면서 서 있는 동안 화운룡은 또 저만치 앞서 걸어가고 있다.

그녀는 다시 부지런히 뛰어서 화운룡을 쫓아가서 차갑게 쏘아붙였다.

"이것 보세요. 말을 그렇게밖에 못 해요?"

화운룡은 그녀를 쳐다보지도 않고 중얼거렸다.

"내가 너의 은인이냐, 아니면 원수냐?"

"아……."

청의 소녀는 움찔하며 또다시 그 자리에 멈추었다. 화운룡은 그녀의 목숨을 구해준, 아니, 그곳에 있던 사람들 모두의 목숨을 구해준 은인이다.

그가 아니었으면 절대로 여덟 명의 녹보들을 일대일로 이기지 못했을 것이다.

그러니까 그는 청의 소녀를 비롯한 여덟 명의 목숨을 구한 것이나 다름이 없다.

그런 그에게 청의 소녀가 말을 그렇게밖에 못 하냐고 따지고 들었으니 언어도단도 이런 언어도단이 없다.

뒤따르던 청년이 세 번째로 멈춘 청의 소녀에게 의아한 얼굴로 물었다.

"효(曉)야, 왜 자꾸 멈추는 것이냐?"

청의 소녀는 얼굴이 달아올랐다.

"제 잘못이에요."

그녀는 그렇게만 말하고 또다시 화운룡에게 달려갔다.

"미안해요. 용서해 주세요."

그녀가 누군가에게 용서해 달라고 말한 것도 생전 처음이다.

그녀는 여전히 묵묵히 걷는 화운룡 옆에서 나란히 걸으며 말을 이었다.

"누구신지 알고 싶어요."

역시 대답이 없다. 그래도 그녀는 포기하지 않았다.

"저는 운영검문(雲影劍門)의 손설효(孫雪曉)라고 해요."

화운룡은 걸음을 뚝 멈추고 그녀 손설효를 쳐다보았다.

손설효는 그가 멈출지 몰랐기에 몇 걸음 더 걸어갔다가 멈춰서 의아한 얼굴로 그를 바라보았다.

"본 문을 아시나요?"

그녀는 화운룡이 자신을 알 것이라고는 생각하지 않았다.

운영검문은 강소성 최남단 장강 건너의 거대호수 태호(太湖) 동쪽 소주현(蘇州縣)에 있는 명문정파이며 태호를 중심으로 장강 하류와 절강성 북부 지역이 세력권이다.

이 일대는 농토가 비옥하여 농사가 잘될 뿐만 아니라 태호와 장강 하류, 그리고 수십 개의 호수와 강들이 얽히고설킨 수륙 교통의 요지라서 문물이 성하여 그야말로 수백 개의 방파와 문파들이 난립해 있다.

통상적으로 이런 지역의 특징은 이권 다툼 때문에 하루도 싸움이 끊이지 않는다는 것이다.

하지만 외려 이 일대는 천하의 다른 지역에 비해서 싸움이나 분쟁이 거의 일어나지 않는 것으로 유명하다.

그 이유는 단 하나, 운영검문 덕분이다. 그들의 세력이 막강해서가 아니라 지역의 명숙으로서 존경을 받고 있기에 수백 개 방파와 문파들을 잘 아우르고 다독여서 분쟁이 일어나지 않도록 진력하고 있는 것이다.

그러나 화운룡이 걸음을 멈춘 이유는 순전히 청의 소녀 손설효 때문이다.

사실 화운룡이 손설효를 처음 만난 것은 지금으로부터 십삼 년 후인 삼십오 세 때 무적검신으로 활약할 시기다.

그 당시 삼십삼 세의 손설효는 가문인 운영검문의 실전됐던 전대무공인 절운섬영검(絶雲閃影劍)을 찾아내서 십여 년 동안 연마한 끝에 십 성까지 극대성하여 적수를 찾기 어려울 정도의 절정고수가 되었다.

그녀가 그 당시 천하무림에서 가장 고강한 초절고수 중에 한 명이던 무적검신 화운룡에게 찾아와서 다짜고짜 했던 첫 마디가 가관이었다.

"나와 같이 마련을 괴멸시켜 주면 죽을 때까지 당신의 수하가 되겠어요."

화운룡은 새삼스러운 표정으로 손설효를 쳐다보았다. 그녀가 이름을 밝히지 않았더라면 알아보지 못했을 것이다.

다시 보니까 과연 손설효가 분명하다. 지금으로부터 십삼 년 후 삼십삼 세 때의 모습이나 지금이나 별반 다르지 않았다.

화운룡이 그녀를 알아보지 못한 것은 줄곧 깊은 생각에 잠겨 있었고 주위 사람들을 별로 신경 쓰지 않았기 때문이다.

결과적으로 말하자면 화운룡이 주도적이 되어 마련을 끝내 굴복시켰으며 손설효는 그녀가 약속한 대로 화운룡의 수하가 되었다.

화운룡은 물끄러미 손설효를 바라보는데 그의 입가에는 온화한 미소가, 눈빛은 부드러웠다.

손설효는 움찔했다. 방금 전까지만 해도 귀찮아서 그녀를 떼어내려고 했던 화운룡이 갑자기 더없이 부드러운 모습으로 변했기 때문이다.

화운룡은 손을 뻗어 손설효의 어깨에 얹었다.

"잘 있어라."

그 말밖에는 해줄 말이 없다. 그러고는 몸을 돌려 가던 길을 걸어갔다.

손설효는 멍한 표정으로 화운룡의 뒷모습을 바라보았다.

그녀의 망막에 방금 전 화운룡의 온화하고 부드러운 모습의 잔상이 남아서 아른거렸다.

"효야."

오빠 손형창(孫炯昶)의 부름에 그녀는 퍼뜩 정신을 차리고 부리나케 화운룡에게 달려가서 이번에는 그의 앞을 가로막고 두 팔을 벌렸다.

"당신, 나를 알고 있죠?"

"왜 그렇게 생각하느냐?"

손설효는 화운룡이 아까하고는 달리 부드러운 얼굴인 것을 보고 확신에 찬 표정으로 말했다.

"방금 전 당신의 표정이… 눈빛이 나를 잘 알고 있는 것처럼 보였어요!"

그렇게 말하고서 그녀는 곧 고개를 갸웃거리면서 복잡한

표정을 지었다.

"나를 알고 있는 사람들은 내가 다 아는데 어째서 당신은 처음 보는 건지 모르겠군요."

화운룡은 미래에 자신의 측근이 될 손설효를 다시 만나서 반가웠지만 단지 그것뿐이다.

지금 그의 심정은 그녀와 인연을 만들어서 복잡하게 얽히고 싶지 않았다.

그녀가 싫어서가 아니라 비룡은월문의 측근들을 모두 잃어버린 마당에 또다시 인연을 만들어서 서로 간에 아픔을 당하고 싶지 않기 때문이다.

측근들의 생사조차 알지 못하는 상황에 새로운 인연을 만들려는 엄두가 나지 않았다.

그렇지만 화운룡은 손설효를 떼어내려고 거짓말을 하고 싶지는 않아서 그냥 잠자코 있었다.

그때 손형창이 다가와 화운룡에게 정중히 포권을 했다.

"귀하의 구명지은에 진심으로 감사드리오. 지금은 경황 중이라서 결례를 범할 수밖에 없지만 언젠가 반드시 보은하는 날이 오리라 믿소."

미래에 화운룡이 손설효를 만났을 때 그녀의 오빠 손형창은 보이지 않는 곳에서 묵묵히 도움을 주는 듬직한 수하였다.

손형창은 손설효에게 그만 가자고 눈짓을 했다.

"효야."

이들은 아까 안풍현 주루에서 녹보들을 죽였기 때문에 현재 쫓기는 몸이라서 시간이 촉박하다.

이런 곳에서 얼쩡거리다가는 천외신계에게 발각되어 낭패를 당하기 십상이다.

그런데도 불구하고 화운룡에게 구명지은에 감사를 표하기 위해서 위험을 무릅쓰고 여기까지 따라왔던 것이다.

손설효는 복잡한 표정으로 화운룡을 바라보았다.

"어디의 누군지 모르지만 만약 우리 도움이 필요하면 언제라도 본 문에 찾아오세요. 그리고……."

그녀는 품속에서 무엇인가를 꺼내 화운룡에게 내밀었다.

"당신은 무력신패가 없는 것 같으니까 이걸 줄게요. 아까 죽은 동료의 것이에요."

그것은 손바닥 절반 크기의 구릿빛 동패였으며 그녀의 말로는 무력신패라고 했다.

손설효는 화운룡의 커다란 손을 잡고 손바닥을 펼쳐서 거기에 무력신패를 놓아주었다.

"또 만나기를 빌어요."

그녀는 잠시 화운룡을 바라보다가 손형창과 함께 왔던 방향으로 나는 듯이 경공을 전개하여 달려갔다.

화운룡은 잠시 그녀를 쳐다보다가 몸을 돌려 가던 길을 걸어가면서 손을 들어 손바닥의 무력신패라는 것을 살펴보았다.

위쪽에 기러기 같은 새 세 마리가 겹쳐서 날아가는 문양이 있으며 그 아래 '강소 동남 소주 운영검문 문도 칠십륙 황정(黃正)'이라는 글귀가 세로로, 그리고 그 아래, 그러니까 복판에 둥근 태양 한가운데에 날개를 접고 앉아 있는 위엄 있는 새 한 마리의 문양이 새겨져 있다.

'삼족오!'

화운룡은 그 새가 천외신계 천신국의 다섯 나라 천신오국(天神五國) 중에 중심 국가인 천신본국을 상징하는 문양이라는 사실을 아월에게 들은 적이 있었다.

천여황은 옛날 당나라에 패망한 고구려의 후예로서 삼족오를 숭상한다고 했었다.

삼족오 아래에는 무력신패를 항상 몸에 지니고 다녀야 하며 분실하거나 훼손했을 시에는 즉시 천신계 분계에 신고하라는 글귀가 새겨져 있다.

그리고 둘레에 만발한 꽃과 열매, 여러 동물들이 정교하게 새겨져 있는데 여간 정성을 들인 것이 아닌 듯했다. 뒷면에는

'천신력(天神曆) 이 년(二年) 천신국 동남지부(東南支部)'라고 새겨져 있다.

무력신패는 전체적으로 모든 문양이 도드라지게 양각(陽刻)되었으며 또한 몹시 정교하여 대단한 솜씨의 장인이 아니면 가짜를 만들지 못할 것 같았다.

특히 앞면의 삼족오와 둘레를 장식한 꽃과 열매, 여러 동물들 문양은 누월재운의 솜씨로 혀를 내두를 정도다.

이것들은 어떤 틀에서 동일하게 찍어냈으며 그 틀은 천신국 동남지부라는 곳에 있을 것이다.

어쨌든 화운룡으로서는 뜻하지 않게 무력신패가 생겼으므로 앞으로 쓸데없는 분쟁을 피하게 되었다.

고요한 밤.

화운룡은 태주현의 해릉포구로 나와 인적이 드문 포구 아래쪽으로 천천히 걸음을 옮겼다.

그는 낮에 해릉포구에 도착했지만 포구에서 보이는 동태하의 백암도에 가보지 못했다.

포구의 사람들 말에 의하면 백암도와 비룡은월문에는 천외신계 고수들이 삼엄하게 지키고 있어서 아무도 접근하지 못한다는 것이다.

그래서 화운룡은 밤에 비룡은월문에 잠입하기로 작정하고

서 지금껏 주루에서 죽치며 시간을 보내고 있었다.

모르긴 해도 비룡은월문에는 화운룡이 알고 있는 사람은 아무도 없을 것이다. 그렇지만 그의 눈으로 비룡은월문 곳곳을 확인해 보고 싶었다.

그는 포구가 끝나는 곳에서 하류 쪽으로 조금 더 걸어가다가 주위를 둘러보았다.

아무도 없는 것을 확인한 그는 선 자리에서 수직으로 쑤욱 곧장 솟구쳐 올랐다.

아무런 소리도 나지 않으며 그는 찰나지간 지상에서 삼십 장 높이로 치솟았다가 백암도 쪽으로 방향을 틀어 표표히 옷자락조차 날리지 않으며 날아갔다.

그는 심천촌에서 일 년 동안 지내면서 사십 년 공력을 생성했었고, 그 상태에서 내상을 치료하여 본래의 공력을 되찾아 도합 사백칠십 년이라는 엄청난 공력을 지니게 되었다.

그 시점에서의 그는 공력이 몇 백 년이니 삼화취정이니 하는 경지를 이미 한참 넘어섰다.

예전 미래에서 그는 칠십사 세 때 조화경의 경지에 이르렀었는데 지금의 그가 그때와 비슷한 수준이다.

한 움큼의 진기로 수백 리를 날아간다는 어풍비행은 사백 년 공력이면 가능한데, 현재 그는 어풍비행이니 뭐니 하는 세속의 틀에도 얽매지 않는다.

열 호흡쯤 지나서 그는 비룡은월문 상공에 도달했다. 삼십 장 허공에서 내려다본 비룡은월문은 빛 한 점 없이 캄캄하고 을씨년스러웠다.

화운룡은 비룡은월문 상공을 한 차례 크게 선회하면서 아래쪽의 기척을 감지해 보았다.

그가 한 바퀴를 돌아본 결과 비룡은월문 전체 다섯 군데에서 사람들의 움직임이 포착되는데 모두 천외신계 고수들이다. 화운룡이 해릉포구 주루에서 알아본 바에 의하면 비룡은월문에는 천외신계 고수 수십 명이 상주하면서 지킨다고 했다.

스웃…….

화운룡은 아래로 급강하하여 용황락 운룡재 앞에 기척 없이 내려섰다.

용황락에는 천외신계 고수들이 지키지 않았다. 그는 천천히 운룡재 일 층 안으로 들어가 보았다.

불과 일 년이 흘렀을 뿐인데 문이 떨어져 나갔고 바닥에는 흙먼지가 수북하여 폐가가 되었다.

화운룡이 안으로 걸어 들어갔지만 바닥에는 발자국은 물론 어떤 흔적도 생기지 않았다.

잠시 후에 화운룡은 운룡재 삼 층에 올라섰다.

그의 발걸음은 자연스럽게 자신과 옥봉의 거처 즉, 침실로 향하고 있다.

침실 입구의 문도 떨어져 나가 바닥에 뒹굴어 있었다. 바닥에는 낙엽과 먼지가 수북하고 그와 옥봉이 뜨겁게 사랑을 나누었던 침상에는 흐트러진 이불이 빛바랜 상태로 아무렇게나 흩어져 있었다.

부서진 탁자나 의자, 바닥에 널려 있는 옷가지와 집기들을 보니까 천여황과 천외신계 고수들이 비룡은월문에 들이닥쳤을 때 어떤 상황이었는지 눈에 보이는 것 같았다.

그 당시 비룡은월문에는 정예고수가 해룡검대 백여 명뿐이었다. 화운룡이 모두 이끌고 북경으로 갔기 때문이다. 해룡검대만으로는 천여황이 이끄는 막강한 천외신계 고수들을 절대로 막아내지 못했을 것이다.

물끄러미 침상을 바라보고 있자니까 화운룡은 옥봉이 그리워서 미칠 것만 같았다.

그녀는 죽었을까. 죽었을 확률이 구 할 구 푼인데도 그는 어쩌면 살아 있을지 모른다는 일 푼의 가능성에 매달리고 싶었다.

옥봉의 죽음을 그의 눈과 귀로 확인할 때까지, 아니, 확인이라는 것 자체를 하고 싶지 않았다.

옥봉이 죽었다는 사실을 그가 알고 나서 도대체 어떻게 숨을 쉬며 살 수 있겠는가.

가슴이 천근만근 답답해진 그는 운룡재를 나와서 용황락을 이리저리 서성거렸다.

비룡은월문 내에서도 용황락에는 화운룡의 거처인 운룡재를 비롯하여 최측근들이 거주하는 전각들이 모여 있었다.

말하자면 용황락은 미래에서 과거로 회귀한 화운룡이 일 년 조금 넘는 세월 동안 만났던 사람들의 희로애락이 듬뿍, 그리고 짙게 배어 있는 장소다.

화운룡의 발길이 옥봉루로 향했다. 옥봉루는 그가 옥봉을 위해서 특별히 설계한 곳으로 인공 연못 가운데 아름답게 위치해 있으며 지상 오 층, 지하 삼 층의 총 팔 층이다.

이곳에는 또 얼마나 많은 옥봉과의 추억이 곳곳에 묻어 있는지 셀 수도 없다.

그는 문득 어떤 생각이 들어서 옥봉루 지하 삼 층으로 내려가 보았다.

이곳은 옥봉루가 있는 인공 호수의 밑바닥보다 십여 장이나 지하이며 커다란 물통 같은 구조의 인공 수조인데 폭이 십오 장이나 되니까 물통치고는 어마어마한 크기다.

지상에서 이곳까지 내려오려면 은밀하게 감춰져 있는 기관 장치를 작동해야 한다.

그르릉…….

한쪽의 석문이 열리면서 그곳으로 화운룡이 들어섰다.

인공 수조는 코끝조차 보이지 않을 정도로 캄캄하지만 화운룡에게는 전혀 문제가 되지 않았다.

인공 수조에는 수면을 향해 계단이 아래로 뻗어 있고 수심이 그리 깊지 않으며 전체적으로 헤엄을 치면서 유희를 즐길 수 있도록 꾸며져 있다.

그렇지만 그것은 눈속임이다. 이곳의 진짜 쓰임새는 전혀 다른 곳에 있다.

화운룡은 주위를 한 차례 둘러보고 수조 사방의 돌로 된 벽에 인위적으로 가한 수많은 흔적들을 찾아냈다.

아마도 그것은 천외신계가 이곳에 무슨 비밀장치가 있지 않을까 해서 수조 곳곳을 샅샅이 뒤진 흔적들일 것이다.

화운룡은 인공 수조의 난간을 따라서 한쪽 방향으로 천천히 걸어갔다가 정확하게 반원쯤 되는 곳에서 멈추었다.

그의 앞 돌벽을 이루고 있는 무수한 벽돌 여기저기에도 사람 손길이 닿은 흔적이 눈에 띄었다.

그때 화운룡이 손을 움직이지도 않았는데 그의 몸에서 무형지기가 발출되어 앞쪽의 도합 여덟 개의 벽돌을 일정한 간격을 두고 차례로 가볍게 두드렸다.

타탁… 탁… 타타탁…….

그러자 그가 서 있는 곳 바로 옆 돌벽이 상하 세로로 틈이 벌어지기 시작했다.

구르르르······.

나지막하면서도 묵직한 음향이 흐르면서 틈이 점점 넓게 벌어지며 좌우로 밀려갔다.

틈은 수조 바닥에서 시작하여 수면 위 여덟 척 높이까지 폭 이 장 너비로 열리고는 멈추었다.

그리고 그곳에 하나의 수로가 나타났다. 수로 한쪽 면 수면에서 석 자 높이에는 벽에서 반 장 폭의 길이 있어서 걸어 다닐 수 있게 되어 있다.

이 수로는 비룡은월문의 성채에서 동태하 하류 쪽으로 오 리쯤 떨어진 강가의 어느 장원 안으로 이어져 있다.

화운룡은 서슴없이 수로 안의 난간으로 들어서서 돌벽의 기관장치를 작동했다.

구르르르······.

그를 삼킨 수로는 다시 닫히기 시작하더니 잠시 후에는 원래처럼 아무런 흔적도 남기지 않은 수조의 모습으로 돌아갔다.

화운룡은 수로를 따라서 나는 듯이 빠르게 달려갔다.

이 수로는 오 리쯤 이어지다가 동태하 하류 강변에 위치한 항아장(嫦娥莊)이라는 장원과 이어져 있다.

칠흑처럼 캄캄한 지하수로의 난간을 달리던 화운룡은 갑자기 샘물처럼 솟구치는 하나의 작은 희망에 매달렸다.

어쩌면 천외신계가 들이닥친 위기의 순간에 옥봉이 이곳 수로를 통해서 탈출했을지도 모른다는 한 가닥 가느다란 실낱같은 희망이다.

그 당시에 용황락 내에 있던 만공상판 원종이나 운룡재와 용황락의 호위 무사들이 옥봉에게 달려와 그녀를 피신시켰을 수도 있다.

평소에 그들은 변고가 발생할 경우 제일 먼저 옥봉을 피신시키도록 훈련을 했으므로 이것은 그저 막연한 희망이 아닐 수도 있는 것이다.

'제발 봉애야……'

수로를 달리는 화운룡은 자신이 얼마나 옥봉을 사랑하고 있는지, 그렇지만 자신이 얼마나 옥봉에게 무심했었는지를 새삼스럽게 깨달았다.

항아장 후원에는 제법 나무가 무성한 인공 숲이 있으며 그 안에는 아담한 인공 호수가 자리를 잡고 있다. 그러나 무성한 숲 때문에 인공 호수는 밖에서 잘 보이지 않았다.

인공 호수 한쪽에는 수면에서 높이 삼 장 정도의 벽처럼 생긴 작은 절벽이 있다.

그런데 갑자기 절벽 전체가 가벼운 진동을 일으켰다.

드드으으…….

그러고는 절벽 한가운데에 틈이 생기기 시작하여 점점 넓게 벌어지는가 싶더니, 그곳으로 화운룡이 쏜살같이 튀어나와 허공으로 비스듬히 솟구쳤다가 인공 호수를 건너 전각들이 모여 있는 곳으로 쏘아 갔다.

그는 곧장 날아가서 항아장에서 가장 큰 전각 앞에 가볍게 내려섰다.

이곳 항아장은 비룡은월문이 은밀하게 매입하여 공사를 진행한 후에 천지당 외당에서 관리하고 있었다.

드긍…….

화운룡은 굳게 닫혀 있는 전각의 문을 활짝 열고 안으로 성큼성큼 걸어 들어갔다.

전각 안 넓은 대전은 텅 비었지만 깨끗하게 잘 정리가 되어 있어서 사람이 살고 있음을 짐작할 수 있다.

대전에 인적이 전혀 없지만 화운룡은 양쪽 복도 안쪽과 이 층에서 도합 네 명이 기척을 죽여가면서 접근하고 있는 것을 감지하고 대전 한복판에 우뚝 멈춰 섰다.

그때 이 층에서 나직한 탄성이 터졌다.

"아…….."

화운룡이 이 층을 올려다보니까 난간가에 낯익은 얼굴이 서서 그를 보며 격동에 찬 표정을 짓고 있다.

그는 훌쩍 몸을 날려 난간을 날아서 화운룡 앞에 내려서는 즉시 무릎을 꿇고 납작하게 부복했다.

"주군……!"

그는 천지당 내당 당주인 막화다.

화운룡의 무형지기가 막화를 일으켰다. 막화의 몸은 둥실 떠올랐다가 저절로 허리가 펴지면서 바닥을 딛고 섰다.

"옥봉은 어디에 있느냐?"

그는 다짜고짜 물었다.

"주모께선……."

막화가 일그러진 얼굴로 말을 잇지 못하자 화운룡의 심장이 철렁 내려앉았다.

막화는 다시 부복하여 이마를 바닥에 대고 아뢰었다.

"속하가 용황락에 달려갔을 때에는 천외신계가 들이닥쳐서 닥치는 대로 주살하고 있었습니다… 죄송합니다. 주군……."

"음……."

화운룡의 무거운 신음 소리를 들은 막화는 주모를 보호하지 못한 것이 자신의 죄인 것만 같아서 견딜 수가 없었다.

"옥봉에 대해서 들은 소식이 없느냐?"

"전혀 없습니다… 죄송합니다……."

옥봉이 죽었다면 시체가 발견됐을 것이다. 그러나 화운룡은 차마 그녀의 시체를 봤느냐고 물을 수가 없다.

그런 그의 마음을 짐작했는지 막화가 이마를 바닥에 댄 채 떨리는 목소리로 말했다.

"천외신계는 본 문에서 죽인 시체들을 한곳에 모으고 소각 했습니다. 속하는 직접 보지는 못했습니다만 시체 더미를 태우는 불길을 삼십 리 밖에서도 목격했다고 합니다."

시체들을 한꺼번에 쌓아놓고 불태웠다면 나중에 작은 뼛조 각만 남았을 것이다. 소각은 가장 잔인하면서도 가장 완벽한 증거인멸 방법이다.

"속하가 알기로는 그 당시에 본 문에서 살아남은 사람은 속 하와 운룡재의 하녀 단둘뿐입니다… 죄송합니다."

"네 잘못이 아니다."

막화는 비 오듯이 눈물을 흘렸다.

"속하가 수하들을 이끌고 용황락에 도착했습니다만 천외신 계가 너무 강해서 도저히 운룡재에 접근할 수가 없었습니다. 속하는 수하들을 모두 잃고 간신히 옥봉루 지하 통로를 통해 서 도주했습니다……."

과거 막화는 태주현 하오문인 청호방의 하오문도였으며 여 러 차례 화운룡을 도운 덕택에 그에게 거두어져서 비룡은월 문 천지당 내당주로 발탁됐었다.

화운룡은 막화의 강직한 성격을 잘 알고 있다. 그는 절대로 목숨 따위가 아까워서 도망치는 졸장부가 아니다. 그가 비룡 은월문에서 탈출했다면 그로서는 더 이상 어떻게 해볼 수가 없어서였을 것이다.

"천지당 외당은 고스란히 살아남았으며 해룡상단도 이름을 바꾸고 사업을 이어나가고 있습니다."

천지당은 내당과 외당으로 나누어지며 내당은 비룡은월문 내부에, 외당은 외부에 있었으므로 외당 전원이 살아남았다는 것이 이상한 일은 아니다.

또한 해룡상단 역시 외부에서 교역과 사업 등을 하고 있으므로 변고를 면할 수 있었을 것이다.

그때 아까 화운룡이 감지했던 네 명 중에 세 명이 여기저기에서 나타나더니 막화 뒤에 부복했다.

"이들은 외당 휘하 수하들입니다."

"일어나라."

화운룡의 말에 막화와 천지당 수하들은 조심스럽게 일어섰다.

第三章
새로운 시작

막화는 화운룡을 전각 뒤쪽의 별채로 안내했다.

천지당 외당은 태주현 내에 있으며 이곳은 막화가 언젠가 만나게 될 비룡은월문 사람들을 위해서 상시 깨끗하게 청소와 정리를 해두었다고 한다.

그런데 설마 화운룡이 일 년여 만에 살아서 돌아올 줄은 몰랐다고 감격해 마지않았다.

이곳 항아장에 있는 사람은 막화와 세 명의 수하, 그리고 소랑 네 사람이 전부이며 후원의 작은 이 층 별채에서 생활하고 있는 중이다.

막화의 안내로 항아장의 여러 채 전각들에게서 뚝 떨어진 후원의 아담한 숲속에 위치한 별채에 당도한 화운룡은 입구로 들어섰다.

그때 안쪽에서 짤랑짤랑한 소녀의 목소리가 들렸다.

"화 오라버니! 오늘은 소녀가 부르기도 전에 식사 시간에 맞춰서 오다니 해가 서쪽에서 뜨겠어요!"

화운룡은 그 목소리를 듣고는 문득 가슴이 시렸다. 그의 오랜 몸종이었던 소랑의 목소리이기 때문이다.

"어서 주방으로 오세요. 식사 다 차렸어요!"

막화는 주방 입구에서 한쪽으로 비켜서며 화운룡에게 공손히 허리를 굽혔다.

화운룡이 주방으로 들어서자 후끈한 열기와 구수한 밥과 요리 향기가 후각을 자극했다.

이곳은 주방과 식당을 겸한 곳인데 활활 타오르는 불 앞에 앞치마를 두르고 머리에 수건을 둘러쓴 소랑이 뒷모습을 보인 채 부지런히 무언가를 볶고 있었다.

화운룡은 소랑의 아담한 뒷모습을 보고 가슴이 울컥했다.

그때 소랑이 한 손에는 다 볶은 돼지고기 요리가 담긴 고반자(烤盤子: 프라이팬)를 들고 다른 손으로 옆을 더듬었다.

막화가 말없이 그릇 하나를 집어 소랑의 손에 쥐어주었다.

"고마워요, 화 오라버니."

소랑은 돌아서면서 오른손에 쥔 고반자의 돼지고기 볶음을 왼손에 쥔 넓적한 그릇에 옮겨 붓는데 얼굴이 그릇이나 고반자가 아닌 허공을 향하고 있다.

소랑의 얼굴을 발견한 화운룡의 미간이 잔뜩 좁혀졌다. 소랑의 얼굴이 심하게 뒤틀린 채 흉측하게 일그러진 모습이기 때문이었다.

그녀는 장님이 됐다. 두 눈이 있던 자리에는 두 개의 비뚤비뚤하고 가느다란 선만 그어져 있고 코는 뭉그러져서 두 개의 구멍이 뻥 뚫렸으며, 입술은 거의 사라져서 이가 그대로 드러난 흉측한 몰골이 되었다.

비룡은월문 운룡재에 천외신계가 들이닥쳤을 때 소랑은 주방에서 요리를 하고 있다가 난리통에 펄펄 끓는 뜨거운 물을 뒤집어쓰고는 혼절하고 말았다.

그것을 나중에 막화가 발견하여 구해서 탈출했던 것이다.

소랑은 그릇을 막화에게 내밀었다.

"화 오라버니, 이걸 식탁에 놔주세요."

장님이 된 소랑은 지난 일 년여 동안 보지 않고서도 능숙하게 행동을 할 수 있게 되었다.

귀여웠던 소랑의 얼굴은 흉측하게 일그러져서 쳐다보는 것조차 역겨울 정도다.

"랑아……."

"……."

화운룡이 조용히 부르자 주방으로 돌아서려던 소랑의 몸이 우뚝 멈추었다.

슥…….

화운룡은 손을 뻗어 자그만 체구인 소랑의 머리에 얹었다.

"나다, 랑아."

화운룡의 목소리를 대번에 알아들은 소랑의 몸이 부르르 세차게 떨렸다.

"아……."

그녀는 화운룡을 향해 돌아섰다. 그 바람에 화운룡이 손을 얹고 있는 머리에 쓴 수건이 벗겨졌다.

그녀는 머리 앞쪽의 머리카락이 없어서 반들반들하고 뒤쪽에만 한 움큼 정도의 머리카락이 남아 있었다.

"서… 설마 공자님이에요……?"

"그래. 나다, 랑아."

"아아……."

소랑은 몸을 부들부들 떨면서 두 팔을 앞으로 뻗었다.

화운룡이 소랑을 가만히 품에 안자 그녀는 두 팔로 그의 허리를 꼭 끌어안으면서 가슴에 얼굴을 묻고 격렬하게 몸을 떨며 흐느껴 울었다.

"으흐흑……! 공자님… 살아계시다니… 이게 꿈은 아니

겠죠?"

장하문이나 운설, 명림 같은 무림고수들만이 화운룡의 측
근이 아니다.

어떤 면에서 소랑은 그들보다 더 가까운 화운룡의 측근, 아
니, 가족이나 다름이 없는 사람이었다.

"으흐흐흑… 공자님… 공자님……."

소랑은 그의 품에서 떨어질 줄 모르고 한없이 울기만 했다.

"공자님, 뭘 하시려는 거예요?"

아침 식사를 한 후에 화운룡은 소랑을 어느 방으로 데리고
들어가서 침상에 눕게 했다.

"널 고쳐주마."

"저를요?"

"그래."

"아아……."

소랑의 거의 붙어버려서 찌그러진 가느다란 선만 남은 두
눈에서 눈물이 방울방울 흘러나왔다.

그녀는 예전부터 화운룡의 말이라면 무조건 믿었다. 그것
이 어떤 내용이든지 그에게 무한한 신뢰를 보냈었다.

예전이라는 것은 화운룡이 태주현의 사고뭉치였던 시절과
십절무황이 과거로 회귀하여 새로운 삶을 살게 된 시기 둘로

나눌 수 있다.

소랑은 화운룡이 사고뭉치였을 때나 비룡공자였을 때나 늘 변함없이 그를 따르고 끝없이 봉사하며 희생했었다.

그러므로 어찌 보면 소랑이야말로 화운룡의 최측근 중에서도 최측근이라고 할 수 있다.

"고마워요, 공자님……."

소랑은 화운룡이 이미 자신을 다 낫게 해주기라도 한 것처럼 고마워했다.

화운룡은 명천신기를 끌어올려 두 손에 주입하고 소랑의 얼굴로 가져가며 온화하게 말했다.

"랑아, 편안하게 있어라."

"네."

화운룡은 이날까지 명천신기로 셀 수 없이 많은 사람들을 치료했으며 그중에는 지금 소랑보다 상태가 훨씬 심각했던 경우도 있었다.

그렇기 때문에 뜨거운 물에 덴 정도의 소랑을 고치는 것은 어렵지 않은 일이었다.

화운룡의 커다란 손이 소랑의 얼굴을 덮고 부드럽게 쓰다듬으며 명천신기를 뿜어냈다.

스스으으…….

쓰다듬던 두 손이 이번에는 소랑의 얼굴과 머리를 반죽하듯이 조물조물 주물렀다.

그러는 동안 두 손을 통해서 명천신기가 소랑의 얼굴과 머리로 골고루 주입되었다.

화운룡의 손이 하도 커서 소랑의 얼굴을 다 덮고도 남는데 두 손으로 그녀의 얼굴을 조물거리니까 장난감을 갖고 노는 것 같았다.

츠츠으으……

그때 화운룡의 손과 소랑의 얼굴, 머리가 마찰되는 부위에서 뿌연 수증기가 피어올랐다.

그렇게 일각의 시간이 흐른 후에 화운룡은 두 손을 떼고 소랑을 굽어보았다.

그런데 거기에는 일각 전 흉측했던 소랑의 모습은 간데없고 예전의 예쁘장하고 귀여운 소랑의 모습이 갓 쪘어낸 만두처럼 뽀얀 수증기를 뿜으면서 누워 있었다.

명천신기가 일그러지고 죽어버린 소랑의 피부를 완전히 새롭게 재생시킨 것이다.

화운룡은 빙그레 미소 지었다.

"랑아, 눈 떠라."

그의 말에 소랑의 긴 속눈썹이 파르르 경련을 일으키듯이 떨리더니 반짝 떠졌다.

"아……."

시야에 온화하게 미소 짓고 있는 화운룡의 모습이 보이자 소랑의 눈이 더 커지고 얼굴에 환한 표정이 가득 떠올랐다.

"보여요… 공자님……."

화운룡은 소랑을 일으켜 주고는 거울을 가져다주었다.

"봐라. 예전의 랑아로 돌아왔구나."

거울에 비친 자신의 모습을 이리저리 살펴본 소랑은 기뻐서 어쩔 줄 몰랐다.

"아아… 정말 고마워요, 공자님……."

그녀는 거울을 내려놓고 화운룡을 보면서 기쁨의 눈물을 뚝뚝 흘렸다.

"공자님이 살아서 돌아오신 모습을 다시 뵐 수가 있어서 정말 좋아요……."

소랑은 자신이 눈을 뜬 것보다 화운룡의 모습을 다시 볼 수 있게 돼서 그것이 정말 좋았다.

화운룡은 소랑의 머리를 부드럽게 쓰다듬었다.

"나 때문에 고초를 겪게 해서 미안하구나."

비룡은월문의 생존자는 화운룡과 소랑, 막화를 비롯한 항아장에 있는 네 명, 그리고 천지당 외당주 잠송을 비롯한 삼십칠 명, 도합 사십삼 명이다.

화운룡과 소랑을 제외한 천지당 소속 사십일 명은 일류고수 수준이다.

그들은 과거에 사람들이 손가락질하는 일개 하오문도였지만 비룡은월문 휘하가 된 이후 일 년여 동안 밤낮으로 비룡육절을 연마한 덕분에 어엿한 일류고수로 성장한 것이다.

막화가 가장 고강한 중급이고 외당주 잠송이 하의 상급, 그리고 나머지는 모두 하의 하급 일류고수다.

그렇지만 그들 사십일 명을 모두 합쳐봐야 과거 비룡은월문 전체 전력의 백분지 일에도 미치지 못하는 수준이다.

그러므로 지금의 화운룡이 그들을 이끌고 무엇인가를 도모한다는 자체가 어불성설이다.

화운룡은 거의 하루 종일 항아장 안을 서성거리면서 깊은 생각에 골몰했다.

그가 골몰하고 있는 생각은 하나다. 지금의 자신이 무엇을 어떻게 해야 하느냐는 것이다.

막화는 비룡은월문의 생존자가 자신과 소랑 둘뿐이며 그 당시에 비룡은월문에 있던 사람들이 모두 죽었고 불태워졌다고 말했다.

그 말은 옥봉도 죽었다는 뜻이다.

그러나 화운룡은 옥봉의 죽음을 믿지 않았다. 그녀의 시체를 찾지 못했다느니 그녀가 죽는 것을 본 사람이 없기 때문이라는 억지가 아니다.

그는 자신과 옥봉이 질긴 인연의 끈으로 단단하게 연결되어 있다고 믿었다.

그런데 그 인연의 끈이 끊어졌다는 느낌이 단 일 푼도 들지 않았다.

그것을 말로는 설명할 수 없지만, 인연의 끈이 이미 끊어졌다면 그것을 생생하게 느낄 수 있을 것 같았다.

그런데 지금 그의 마음속에서는 그 인연의 끈이 여전히 이어져 있었다. 그래서 절망에 빠지지 않는 것이라고 믿었다.

옥봉이 아직 살아 있다는 전제하에 그는 이제부터 자신이 해야 할 일을 구상했다.

우선 제일 먼저 해야 할 일은 옥봉이 살아 있다는 사실을 확인하는 것이다.

하지만 비룡은월문 사람들이 모두 죽었으므로 그것을 확인하려면 다른 방법을 찾아야만 한다.

즉, 옥봉의 생사를 알 만한 인물을 찾아내서 그에게 물어보는 것이다.

천외신계에서도 지위가 매우 높은 초부터 존까지 신조삼위 정도라면 알고 있을 것이다.

아니면 그 당시에 비룡은월문을 공격했던 천외신계 세력이 어디며 우두머리가 누군지 알아내서 그자를 족치면 된다.

화운룡의 깊은 생각은 소랑이 저녁 식사를 하라고 부를 때까지 계속됐다.

저녁 식사 후에 화운룡은 천지당 외당주 잠송 이하 삼십육 명의 천지당 고수들을 항아장으로 다 불러들였다.

그는 막화와 잠송을 비롯한 천지당 고수들 전원의 생사현관을 타통해 줄 생각이다.

그들의 공력과 무공을 두 배로 증진시켜서 어떤 일에 쓰기 위해서가 아니라 앞으로는 화운룡이 그들을 일일이 보호할 수가 없으므로 그들 스스로를 보호하라는 뜻이다.

예전의 그는 누군가의 생사현관을 타통해 주기 위해서 꽤 오랜 시간과 노력을 필요로 했었지만 지금은 한 명의 생사현관을 타통하는 데 채 사분각조차 걸리지 않았다.

항아장에서 가장 큰 전각의 대전에 화운룡을 비롯하여 막화와 잠송 등 사십일 명이 모여 있다.

화운룡을 제외한 사십일 명의 얼굴은 햇살처럼 빛났다. 그들 모두 생사현관이 타통되어 공력이 두 배 가까이, 혹은 그 이상으로 급증한 덕분이다.

술시(戌時: 저녁 8시경)에 시작된 생사현관 타통은 다음 날 인시(寅時: 새벽 4시경)에 끝났다.

원래 공력이 가장 높았던 막화는 생사현관 타통 직후 운공 조식을 세 차례 하고 나서 자신의 공력이 백이십 년이 됐다는 사실을 깨닫고 경악했다.

그다음 외당주 잠송이 백 년 공력이 됐으며, 다른 천지당 고수들은 팔십 년에서 구십 년까지의 공력이 급증됐다.

무림인들의 공통적인 평생소원이 하나 있다면 공력이 증진 되는 것이다.

그런데 이들은 어느 날 갑자기 각자의 공력이 두 배로 급증 했으니 그 기쁨이야말로 이루 설명할 수 없을 정도다.

모두들 전면 단상에 서 있는 화운룡을 더할 수 없는 존경 과 충성의 표정으로 바라보았다.

그때 대전의 한쪽 복도에 모습을 나타낸 소랑이 막화를 보 며 외쳤다.

"화 오라버니! 준비 다 됐어요!"

막화는 벌떡 일어나서 수하 몇 명을 데리고 소랑이 있는 곳 으로 달려갔다.

잠시 후에 막화와 수하들은 각자 여러 가지 요리들이 담긴 그릇을 잔뜩 들고 와서는 바닥에 주르르 늘어놓았다.

화운룡이 고개를 끄떡였다.

"모두 둘러앉아라. 오늘밤은 실컷 취해보자."

그의 말에 모두들 희색만면하여 바닥에 길게 늘어놓은 요리 가장자리에 둘러앉았다.

이곳 항아장에는 이렇게 많은 인원들이 한자리에서 먹고 마실 만한 탁자나 장소가 없기에 화운룡은 부득이 대전 바닥을 연회 자리로 정했다.

화운룡 옆에는 소랑이 앉아 있고 삼십구 명이 좌우에 두 줄로 길게 앉아 있는데 화운룡 가장 가까운 오른쪽에는 막화가, 왼쪽에는 잠송이 앉았다.

사람들 간에 허심탄회하게 대화를 나누고 친분을 쌓는 데에는 술자리가 최고다.

화운룡을 비롯한 모두들 술잔 가득 술을 채웠다.

화운룡이 잔을 높이 들어 올리고 모두를 둘러보았다.

"마시자."

모두 일제히 잔을 들어 올렸고 막화가 화운룡을 보면서 공손하게 말했다.

"주군께 충성을!"

그러자 모두들 입을 모아 우렁차게 외쳤다.

"주군께 충성을!"

그러고는 단숨에 술을 입안에 쏟아부었다.

반시진쯤이 지나 주흥이 웬만큼 도도해졌을 때 화운룡이 막화와 잠송에게 넌지시 말했다.

"문파를 새로 열도록 해라."

막화와 잠송은 움찔 놀라 화운룡을 쳐다보았다. 자신들은 비룡은월문 천지당인데 문파를 새로 열라는 그의 말이 무슨 뜻인지 이해하지 못했다.

＊　　　　＊　　　　＊

화운룡이 조용한 목소리로 말했다.

"천지당 외당으로는 활동하는 데 지장이 있을 것이다."

"아……."

"그렇군요."

막화와 잠송은 그제야 이해하고 고개를 크게 끄떡였다.

천지당 외당은 비룡은월문 휘하의 조직이지 자체로는 방파도 뭣도 아니다.

비룡은월문이 사라지고 없는 지금 천지당 외당만 덩그렇게 혼자 존재한다는 것은 우스운 일이다.

잠송이 조심스럽게 물었다.

"그런데 어째서 방파가 아니고 문파입니까?"

잠송은 올해 약관 이십 세가 되었다. 원래 그는 태주현에서 멀지 않은 양주의 홍로방이라는 작은 하오문의 어린 문주였으며, 그가 먹여 살리고 있는 십칠 명의 소년과 소녀들이 하오문도들이었다.

이후 화운룡이 자신의 일을 도와준 잠송을 천지당 외당주로 거두자 잠송은 자신이 데리고 있던 소년과 소녀 모두를 외당주 휘하로 만들었다.

양주의 일개 하오문도였던 그들은 어엿한 비룡은월문의 문하가 되어 비룡육절이라는 절세의 무공을 익혀서 이제는 각자가 어딜 가도 전혀 꿀리지 않는 실력자가 되었다.

막화에게 화운룡이 하늘인 것처럼 잠송과 외당 휘하 고수들 모두에게 화운룡은 하늘 같은 존재다.

잠송의 물음에 화운룡은 귀찮게 여기지 않고 친절하게 대답해 주었다.

"방파를 개파하면 사람들을 받아들여야 한다. 받아들이지 않으면 이상하게 생각할 것이다. 하지만 문파는 너희들끼리 운영해도 아무 문제가 없다."

방파란 이익을 추구하기 위해서 존재하기 때문에 여러 방면의 별별 사람들이 다 모여들고, 그들에게 녹봉을 지급하고 일거리를 주면서 공존해야만 한다. 그렇게 되면 비밀 유지라는 것은 있을 수 없다.

대신 문파는 이익이 아닌 어떤 특정한 무공의 완성이나 협의, 정의 같은 것을 추구하기 때문에 주로 일가족이나 사형제, 사문의 사람들이 결성한다.

조개껍질처럼 똘똘 뭉쳐 있어도 외부에서 전혀 이상하게 여기지 않는다. 그렇기 때문에 천지당은 문파로 거듭나야 하는 것이다.

막화와 잠송은 화운룡의 한마디 한마디에 시야가 넓어지고 경륜이 쌓이는 것을 느꼈다.

"문파명은 너희들이 의논해서 짓도록 해라."

화운룡의 말에 잠송이 조심스럽게 말했다.

"주군께서 지어주십시오."

화운룡은 잠시 생각하다가 고개를 끄떡였다.

"비검문(飛劍門)이 좋겠다."

막화와 잠송, 천지당 고수들은 반색했다.

"훌륭한 문파명입니다!"

"근사합니다!"

비룡은월문 고수들이 배운 비룡운검을 전개하면 흡사 검이 허공에 번쩍거리면서 날아다니는 것 같다고 해서 다들 '비검술'이라고 입을 모았었다.

그런데 문파명을 비검술이라고 지으면 비룡운검을 연마한 이들에게 딱 어울렸다.

문득 화운룡은 궁금한 것을 물었다.

"너희들 해룡상단에서 자금 지원을 받고 있느냐?"

막화가 공손하게 대답했다.

"저희는 외당주의 양주 상전에서 나오는 수입으로 생활해 왔습니다."

예전에 화운룡이 마련해 준 양주포구의 상전이라고 해봤자 수입이 뻔하다.

매월 은자 백 냥 남짓의 수익이 들어오는데 그것으로 천지당 외당과 이곳 항아장의 두 집 살림을 꾸려왔다면 몹시 궁핍했을 것이다.

"어째서 그들이 지원해 주지 않았느냐?"

"저희들이 해룡상단에 연락을 하지 않았습니다. 그들은 저희들의 존재를 모르고 있습니다."

화운룡은 이들이 왜 그랬는지 알 것 같았다. 이들이 해룡상단에 연락을 취하고 서로 왕래하다가 천외신계의 촉각에 걸리게 될 것은 우려했을 터이다.

이들 천지당 외당하고는 달리 해룡상단은 실로 거대하기 짝이 없는 조직이다.

해룡상단은 예전에는 강소성 남쪽 지방 태주현의 소규모 상단이었지만, 장하문이 상단을 하나에서 열까지 완벽하게 재정비하고 나서는 상단의 세력과 영향력이 일 년여 만에 이십 배 이상, 수입은 오십 배 가깝게 불어났다.

그러나 그것뿐만이 아니다. 해룡상단 안에는 해룡상단보다 백배 이상 거대한 대륙상단이 도사리고 있다.

화운룡이 북경으로 떠나기 전에 대륙상단의 모든 사업들이 해룡상단에 완벽하게 이관됐었다.

그러니까 그것은 개구리가 코끼리를 삼킨 격인데 세상 사람들은 그런 사실을 꿈에도 모르고 있다.

"저희들 때문에 해룡상단이 잘못되면 천추의 한을 남기게 될 것입니다."

막화의 말은 자신들 같은 전직 하오문도 몇 명 때문에 거대한 해룡상단이 천외신계에게 괴멸당하거나 탈취당할 수는 없다는 뜻이다.

그런 깊은 뜻으로 궁핍한 생활을 이어왔다니 갸륵하기 짝이 없다.

"속하들은 언젠가는 주군께서 태주현에 돌아오실 것이라고 믿었습니다."

그렇게 말하는 막화나 잠송, 천지당 고수들 얼굴에는 진심 어린 신뢰가 가득 피어났다.

"해룡상단이 무사하면 장차 주군께 큰 힘이 될 것이라고 생각했습니다."

화운룡의 눈에는 이들의 충정이 역력하게 보였다.

"주군께서 해룡상단 사람을 만나실 수 있도록 저희가 다리를 놓겠습니다."

화운룡은 소랑이 주는 술을 받았다.

"현재 해룡상단은 누가 이끌고 있느냐?"

막화가 공손히 대답했다.

"주군의 큰누님과 둘째 누님께서 총단주와 총관을 맡고 계신 것으로 알고 있습니다."

화운룡은 놀라고 기뻐서 벌떡 일어섰다.

"누나들이 살아 있다는 말이냐?"

잠송이 대답했다.

"저희들 눈으로 직접 확인하지는 못했지만 조사한 자료와 정보에 의하면 두 분 다 생존해 계십니다."

화운룡은 다시 바닥에 앉아 손바닥으로 무릎을 치면서 크게 기뻐했다.

"아아… 그렇다면 정말 다행이다……!"

그의 가슴이 격하게 뛰었다. 이 넓은 세상천지에 가족들이 다 죽고 자신 혼자만 남아 있다고 생각했었는데 피붙이가, 그것도 형제간인 큰누나와 둘째 누나가 살아 있다니 쉽사리 믿어지지가 않았다.

다음 날 동이 트기도 전에 태주현을 출발한 화운룡과 막화는 저녁 무렵 남경에 모습을 나타냈다.

남경에서도 고관대작이나 부호들만 모여서 산다는 춘예대로 양쪽에는 수십 채의 장원들이 줄지어 늘어서 있다.

해시(亥時: 밤 10시경) 무렵. 어느 장원의 뒷담 앞에 화운룡과 막화가 서 있다.

이 장원은 남경에 적을 두고 있는, 해운상단(海雲商團)이라는 소규모 상단의 단주가 기거하는 곳으로 알려져 있다.

화운룡은 막화의 팔을 잡고 허공으로 슬쩍 떠올랐다가 담을 넘어 장원 안에 내려서는가 싶더니 마치 구름이 흐르듯이 유유히 몇 채의 전각들 사이를 구불구불 쏘아 갔다.

이런 절묘한 경험이 처음인 막화는 눈을 커다랗게 뜨고 놀라움을 금치 못했다.

그가 줄곧 내려다보고 있는데도 화운룡의 발은 한 번도 땅을 딛지 않았으며 전각들 사이를 바람보다 빠르게 휘돌아가고 있었다.

그는 세상에 이런 경공술이 존재한다는 말조차 들어본 적이 없어서 새로운 세상을 보는 듯한 기분이 들었다.

그는 화운룡의 옆얼굴을 쳐다보았다. 천하에 비교할 상대가 없을 정도로 준수한 용모가 거기에 있다.

하지만 그가 화운룡을 존경하는 이유들 중에서 용모는 들어 있지 않았다.

또한 화운룡의 신적인 절세무공도 그다지 존경의 이유가 되지 못했다.

비룡은월문의 대다수 사람들이 그랬던 것처럼 막화가 화운룡을 존경하는 이유는 어느 누구도 흉내 내지 못하는 지고한 성품 때문이다.

만인을 아우르면서도 어느 누구 한 사람 소홀하지 않으며 부당하게 대우하지 않는 공명정대함.

가장 가까운 최측근에서부터 일면식도 없는 말단 수하에 이르기까지 항상 기대하는 것 이상의 과분한 풍요와 갖가지 혜택을 베푸는 자비로움.

불의와 사악함을 용서하지 않으며 약자들의 호소를 절대로 외면하지 않는 의협심 등 화운룡의 찬란하고 눈부신 성품에 대해서 설명하려면 끝이 없을 정도다. 그것이야말로 막화가 화운룡을 목숨 바쳐서 존경하는 이유다.

막화는 예전 화운룡이 태주현 최고의 사고뭉치였던 시절에 그가 거리에서 몰매를 맞고 있는 광경을 발견하고 구해준 적이 있었다.

그것이 불과 이 년하고 몇 달 전의 일이었는데 그때의 화운룡과 지금의 화운룡을 비교하라면 그야말로 하늘과 땅이라고 할 수 있다.

지금 돌이켜서 생각해 보니까 그 당시의 그는 용이었다. 아직 잠에서 깨지 않고 누워 있는 와룡(臥龍)이었던 것이다.

[다 왔다.]

막화가 화운룡을 바라보면서 감격에 빠져 있을 때 그의 전음이 들려 퍼뜩 상념에서 깨어났다.

화운룡은 어느새 어떤 전각 안 이 층의 방문 앞에 도착하여 방문을 물끄러미 응시하고 있었다.

막화는 저 문 안쪽에 화운룡이 만나려고 하는 누나가 있을 것이라고 생각했다.

하지만 그가 어떤 방법으로 정확하게 여기까지 찾아왔는지에 대해서는 짐작조차 하지 못했다.

사실 화운룡은 장원 밖에서부터 귀에 익은 큰누나 화문영의 목소리를 듣고 이끌리듯이 이곳까지 찾아온 것이다.

척!

그는 일말의 망설임도 없이 문을 열고 안으로 들어갔다.

넓고 화려한 실내로 들어선 화운룡은 목소리가 들려오는 곳으로 성큼성큼 걸어갔고 막화가 뒤따랐다.

두 사람의 대화는 실내 오른쪽 휘장 너머에서 들려왔다.

슥······.

화운룡이 휘장을 젖히면서 안으로 들어서자 대화가 뚝 끊어지고 탁자에 마주 앉아서 술잔을 기울이고 있던 두 사람이 그를 쳐다보았다.

탁자에 마주 앉아 있는 두 사람은 큰누나 화문영과 큰 매형 반도정이었다.

화운룡을 발견한 두 사람은 마치 귀신을 본 것 같은 표정을 짓더니 다음 순간 동시에 벌떡 일어서며 부르짖었다.

"용아!"

"주군!"

화문영은 친동생이기에 이름을 부르고 큰 매형 반도정은 화운룡을 주군으로 모셨기에 입에 밴 호칭이다.

두 사람은 화운룡에게 다가오며 얼굴 가득 불신 어린 표정을 떠올렸다.

"정… 말 용아 너니?"

"주군 맞으십니까?"

"큰누나! 매형!"

화운룡은 환하게 웃으면서 두 사람을 불렀다.

화문영은 어린아이처럼 울음을 터뜨리며 화운룡 가슴에 뛰어들어 안겼다.

"으흐흑……! 용아가 맞구나……! 용아!"

"주군! 살아계셨군요!"

화운룡은 두 사람을 한꺼번에 와락 끌어안았다.

화문영은 몸부림치면서 흐느껴 울었고, 반도정은 목 놓아서 꺼이꺼이 울어댔다.

두 사람의 등을 쓰다듬는 화운룡은 울컥하고 감정이 솟구쳐서 눈물이 핑 돌았다.

십절무황 시절의 그는 평생 단 한 번도 눈물을 흘린 적이 없었다.

그를 감동시켰던 일은 많았지만 그의 감정이 퍼석퍼석 메말 랐었기 때문이다.

그런데 지금 그가 눈시울이 뜨거워진다는 것은 이번 생에 서 매우 인간적으로 살고 있다는 뜻이다.

화문영과 반도정은 행복했던 옛 생각에 젖어서 쓸쓸하게 술을 마시고 있다가 느닷없이 불쑥 찾아온 화운룡 덕분에 신 바람이 났다.

한바탕 재회의 기쁨이 지나간 뒤에 화운룡이 막화를 돌아 보며 불렀다.

"이리 와서 앉아라."

화문영과 반도정은 막화를 처음 보는 터라서 의아한 표정 을 지었다.

"누구니?"

"본 문 천지당 내당주 막화야."

"아……."

예전에 해룡상단의 안살림을 도맡아서 했던 화문영과 반도 정은 천지당에서 수집한 자료와 정보들을 잘 활용해서 사업 을 잘 이끌어 나갔었다.

그런데 정작 천지당 내당의 책임자인 막화를 만나는 것은 처음이다.

"누나, 막 아저씨 부부 알지?"

"알지. 왜 모르겠어?"

막씨 부부는 옛날 삼류문파인 해남비룡문 시절에 가문의 하인과 하녀로 지내다가 혼인했으며 그 이후로도 줄곧 비룡은월문 안채에서 일하며 살았다.

"그분들 아들이야."

"뭐어?"

막화는 꾸벅 허리를 굽혔다.

"막화입니다. 대소저와 대공(大公)을 뵈옵니다."

화문영과 반도정은 막화의 손을 잡고 앉혔다.

"막 아저씨 아들이라면 가족이나 다름이 없어. 여기 앉아서 같이 마시자."

第四章

피보다 진한 혈육

　화운룡이 일곱 척의 배를 이끌고 비룡은월문을 지척에 놔
둔 상황에서 천여황이 이끄는 엄청난 수의 천외신계 고수들과
군사들에게 공격을 당했던 상황에 대해 설명했다.

　그리고 천여황에게 일격을 당해서 혼절했다가 심천촌에서
그물에 걸려 기적적으로 소생한 이야기도 덧붙였다.

　화운룡이 반년 넘게 시체처럼 누워 있었다는 이야기를 듣
고 화문영과 반도정은 눈물을 그치지 못했으며 막화는 고개
를 숙인 채 굵은 눈물을 뚝뚝 떨구었다.

　이들은 화운룡이 반년 동안 시체처럼 누워서 어떤 심정이

었을까를 생각하고는 가슴이 미어지는 것만 같았다.

화운룡은 몹시 궁금했던 것을 조심스럽게 물었다.

"큰누나와 큰 매형만 살아난 거야?"

"상아도 살아 있어."

화예상은 둘째 누나다.

화운룡은 반색했다.

"그래? 둘째 누나는 어디에 있지?"

"상아는 항주에 있어. 그곳 사업을 맡고 있거든."

"둘째 매형은?"

화문영의 얼굴이 쓸쓸해졌다.

"죽었어. 제부는 비룡은월문에 있었거든."

"그랬구나."

화운룡은 고개를 끄떡이고 나서 다른 것을 물었다.

"해룡상단은 어떻게 됐지?"

화문영은 빙그레 미소 지었다.

"일 년 전보다 두 배 가까이 커졌어."

"어떻게 그럴 수가 있었지?"

천외신계에게 갈가리 찢어졌어도 이상하지 않았을 상황에 예전보다 두 배나 커졌다는 사실이 믿어지지 않았다.

"용아, 너 함공(咸孔) 알지?"

일람첩기(一覽輒記), 한 번 보면 무엇이든지 기억하는 화운룡이 대륙상단 대총관(大總管) 함공을 모를 리가 없다.

만공상판 원종이 자신이 평생 일구었던 대륙상단을 화운룡에게 바쳤을 때 대륙상단 총단주인 반옥이 데리고 온 인물이 바로 함공이었다.

함공의 첫인상이 워낙 과묵하고 강직한 인물이라서 잊으려야 잊을 수가 없다.

"알아."

"현재 해룡상단의 총단주는 내가 맡고 있지만 사실은 함공이 총괄하고 있어. 그는 대총관이야."

반도정은 흐뭇한 미소를 지으며 화운룡을 바라보고 있으며, 화문영이 설명을 계속했다.

"본 단은 해외 교역에 사업의 칠 할 이상을 집중하고 있어. 그렇기 때문에 천외신계가 손을 대지 못하는 거야."

"해외 교역?"

"우리 상선들이 다른 나라에서 값비싼 물건들을 대거 사들여서 또 다른 제삼국에 갖다가 팔거든? 그렇게 해서 생긴 수입은 해외의 지부에 차곡차곡 쌓아두거나 그곳에 투자를 하는 거야. 그러고는 중원에 들어올 때 곡식이나 건어물 같은 값싼 물건으로 들여와서 처분하는 방법이야."

곡식이나 건어물 같은 물건을 팔아도 큰돈이 아니기 때문에 천외신계에게 강탈당하는 것을 피할 수가 있으며 의심을 사지 않을 것이다.

"예를 들어서 곡식과 건어물을 팔아 은자 십만 냥의 수익이
나면 세금으로 만 냥을 포구의 천외신계 분계나 지계(支界)에
자진해서 바치는 거야. 그렇게 하면 일절 건드리지 않아. 수익
의 십분지 일이나 자진해서 바치는 상단은 없거든."

"그래도……."

화문영은 화운룡이 무슨 말을 하려는지 예상하고 미소 지
으면서 그의 말을 잘랐다.

"우린 덩치가 아주 작아. 본 단의 해외 교역선이 모두 만오
천 척쯤 되는데 그걸 전부 두 척이나 세 척으로 쪼개서 작은
소상단(小商團)을 만든 거야. 본 단 휘하에 그런 소상단이 육
천 개쯤 돼."

"기가 막히는군."

화운룡은 무슨 얘기인지 이해하고 감탄을 터뜨렸다.

그렇게 했다고 해서 예전하고 변하는 것은 별로 없다. 예전
에는 상선 한 척이 일분단(一分團)이었고 열 척의 상선을 관리,
지휘하는 곳이 십분단(十分團)이었다.

열 개의 십분단 즉, 상선 백 척은 지단(支團)이 지휘하고, 그
지단들을 총괄하는 곳이 총단이었다.

그런데 지금은 상선 두세 척을 하나의 소상단으로 관(官)에
등록하고는 소상단이 곡식이나 건어물 등을 팔아서 생긴 수

익에 해당하는 세금만 낸다는 얘기다.

열 개의 소상단을 지휘하는 곳이 있을 것이고, 그 위에는 백 개의 소상단과 천 개의 소상단을 지휘하는 조직이 있다는 것은 예전이나 다를 바가 없다.

화문영의 미소가 짙어졌다.

"중원에서 하고 있는 사업도 그런 식이야. 예를 들어 나는 화물선 다섯 척을 갖고 해운업을 하는 해운상의 상주(商主)라고 알려져 있어."

반도정이 미소 지으며 거들었다.

"그렇지만 실제로는 중원 전체 상권의 삼분지 일을 이 사람이 지배하고 있습니다."

화운룡은 어이없는 표정을 지었다.

"전체 세력의 칠 할이 해외 교역에 나가 있다면서 단지 삼 할이 중원에 남아 있는데도 중원 전체 상권의 삼분지 일이라는 말입니까?"

"그게 다 장 군사가 시킨 대로 한 덕분입니다."

"장 군사라니, 하룡 말입니까?"

"그렇습니다. 장 군사는 예전에 해룡상단이 대륙상단을 흡수했을 때 장차 어떻게 해야 할지에 대해서 구체적으로 자세히 기록한 책자를 저희들에게 주었습니다. 그때부터 우린 그 책자에 적힌 대로만 하고 있는 것입니다."

"하룡이……."

화운룡은 갑자기 가슴속에 태산이 들어앉은 것처럼 무겁고 답답함을 느꼈다.

장하문이야말로 그에게는 형제나 다름이 없고 그림자 같은 존재였으며 절대로 화를 내지 않는 훌륭한 친구였다.

장하문은 가고 없지만 그가 남긴 흔적은 뚜렷하게 곳곳에 남아 있다.

장하문이 생각난 덕분에 잠시 분위기가 무겁게 가라앉았다가 화운룡이 지나가는 말처럼 물었다.

"둘째 누나는 언제 돌아오지?"

"당분간 항주에 있게 될 거야. 그곳에 좀 골치 아픈 문제가 있기 때문이야."

"무슨 일인데?"

"우리가 항주에 기루와 주루를 이십 군데쯤 갖고 있으며 사업도 여럿 하고 있는데 승냥이 같은 놈들이 뜯어먹으려고 설치고 있어. 상아가 본 단의 호위무사 삼십 명을 데리고 갔다가 다 죽고 다섯 명만 겨우 살아남았대. 본 단의 호위무사라고 해봐야 여기저기에서 끌어모은 떠돌이들이야."

화운룡의 미간이 찌푸려졌다.

"천외신계인가?"

"아냐. 항주 낙지호(落地戶: 토박이)들이야."

"그쪽 본 단의 기루와 주루에서 천외신계에게 세금을 꼬박 꼬박 잘 내고 있는데도 그런 건가?"

반도정이 씁쓸한 얼굴로 설명했다.

"천외신계라고 해도 토박이들은 골칫덩이라서 잘 건드리지 않는답니다. 잡아서 가두거나 죽이더라도 이득은 하나도 없는 데다 주민들의 원성만 잔뜩 쏟아지기 때문이라는 겁니다."

화운룡은 반도정에게 미소를 지었다.

"큰 매형, 나한테 예전처럼 편하게 하대를 하세요."

반도정은 깜짝 놀랐다.

"어이쿠! 제가 어떻게 감히……."

"나는 문주도 무엇도 아닙니다. 단지 화운룡일 뿐입니다. 동생이잖습니까?"

반도정은 세차게 고개를 가로저었다.

"아닙니다. 한번 주군은 영원한 주군이십니다. 절대 그럴 수 없습니다."

화운룡은 반도정의 질긴 고집을 꺾지 못했다.

"큰누나, 내가 항주에 가볼 테니까 그동안 큰누나가 해줄 일이 한 가지 있어."

"말만 해."

"구림육파와 화북대련, 그리고 개방을 수소문해서 그들하고 연결 좀 해줘."

"네가 전에 명령한 대로 구림육파에는 우리가 반년에 한 번씩 자금을 대고 있으니까 어렵지 않을 거야. 그런데 화북대련이라는 것은 뭐지?"

"화북 지방에서 천외신계에 저항하는 결사맹이야. 규모가 크지 않을 테니까 찾기 쉽지 않을 거야."

"알았어. 그들을 찾아서 연결해 놓을게."

대화가 잠시 끊어진 사이에 화문영은 화운룡의 얼굴을 살피면서 조심스럽게 물었다.

"제매(弟妹) 소식은 모르지?"

제매는 옥봉을 가리킨다.

화운룡의 얼굴이 금세 어두워졌다.

"전혀 몰라."

"우리는 그 당시에 해룡상단 일로 외부에 나가 있었기 때문에 비룡은월문 일은 전혀 몰랐어. 그 덕분에 목숨을 건지기는 했지만……."

화운룡은 말없이 듣기만 했다.

"아버지와 어머니, 할아버지, 연아와 미아 모두 죽었을 거야. 비룡은월문에서 살아남은 사람은 한 명도 없었대."

화지연은 십칠 세 소녀로 화운룡의 최측근인 용신 중에서 막내였으며 막내 여동생 화아미는 이제 겨우 십사 세의 어린 소녀였다.

그들 모두가 죽었다.

원래 화운룡이 십절무황이었을 때 그들은 육십사 년 전에 죽었다. 그가 과거로 회귀한 후엔 가족들을 편안하고 안전하게 보호하는 것이 최우선 목표였는데 결국 가족들을 두 번 죽인 셈이 되고 말았다.

화운룡은 잠긴 목소리로 겨우 말했다.

"봉애와 가족들에 대해서 정확하게 알아내려고 구림육파와 화북대련, 개방하고 연결해 달라는 거야."

"그래. 알았어. 전력을 다할게."

사실 비룡은월문의 생존자인 막화와 소랑이 있었지만 살아남았다는 사실이 너무 죄스러워서 그는 고개를 숙이고 가만히 듣기만 했다.

비검문이 태주현에서 개파했다.

문하제자는 모두 사십일 명이고 문주는 막화, 총관은 잠송이 맡았다.

천외신계 남경지계 산하 태주분계에 문파를 개파한다고 신고하고 면밀한 조사 과정을 거친 다음에 승인이 떨어졌다.

비검문은 태주현 번화가에 번듯한 제법 큰 장원을 매입했으며, 태주현 내의 주루 두 곳과 전장 한 곳을 운영하는 것으로 신고를 했다.

천외신계 태주분계는 비검문에 매월 은자 오백 냥의 세금을 매겼다.

비검문이 운영하는 주루 두 곳과 전장 한 곳에 대한 세금은 별도로 내게 되었다. 물론 관에 내는 세금과 천외신계에 내는 세금은 각각 별도다.

비검문은 해룡상단으로부터 넘치도록 큰돈을 지원받기 시작했으므로 은자 오백 냥은 만두값이나 다름이 없다.

그렇지만 드러내 놓고 해룡상단에 지원을 받는 것이 아니다. 해룡상단에서 내준 태주현의 주루 두 곳과 전장 한 곳을 운영해도 수입이 꽤 짭짤한데 매월 은자 만 냥씩 지원받고 있으므로 세상에 부족함이 없다.

화운룡은 혼자 항주로 향했다.

큰누나 화문영이 구림육파 등과 연결하는 동안 화운룡으로서는 딱히 할 일이 없으므로 항주에 가서 둘째 누나 화예상을 만나고 그곳의 문제를 해결해 줄 계획이다.

그는 그 전에 들를 곳이 있어서 강소성 최남단 태호 동쪽에 있는 소주현에 도착했다.

지난번 안풍현에서 그가 도움을 주었던 운영검문의 손설효를 만나려는 것이다.

화운룡이 그녀들의 목숨을 구해준 적이 있으니까 그 보답으로 이번에는 너희들이 나를 좀 도와줘야겠다는 식의 **뻔뻔**한 요구를 하려는 게 아니다.

거래를 하려는 것이다. 그들이 무얼 필요로 하는지 알아내 그것을 충족시켜 주고, 대신 그들이 해룡상단 산하의 항주 기루와 주루들을 괴롭히는 토박이들을 몰아내 주면 된다.

태호 호숫가에 한 폭의 그림 같은 절경 속에 위치한 운영검문의 전문은 굳게 닫혀 있었다.

무림에서 한 지방을 대표하는 운영검문 같은 명문정파는 아침 진시(辰時: 아침 8시경)에 전문을 열어두었다가 일몰시에 전문을 닫는 것이 보통이다.

그런데 전문이 굳게 닫혀 있다는 것은 뭔가 심상치 않은 일이 생겼다는 뜻이다.

전문 앞에 서 있는 화운룡은 전문 안쪽 어느 전각 안에서 들려오는 대화, 아니, 누군가의 일방적인 고함 소리를 듣고 대충 무슨 일이 벌어지고 있는지 짐작했다.

누군가 운영검문에 돈을 빌려준 사람이 기한이 훨씬 지났는데도 이자와 원금을 받지 못하자 직접 찾아와서 거세게 따지고 있는 중이다.

천외신계 세상이 되니까 운영검문 같은 명문정파가 가난에 찌들어 곤란을 겪고 있다.

화운룡이 전문을 두드리려는데 말발굽 소리가 들려서 관도를 돌아보았다.

두두둑…….

다섯 필의 말이 뿌연 흙먼지를 일으키면서 호숫가 길을 따라 전문을 향해 달려오고 있었다.

히히힝… 히힝!

다섯 필의 말은 전문 앞에 급하게 멈추었고 말들이 앞발을 치켜드는 바람에 화운룡을 걷어차거나 짓밟을 뻔했다.

그러나 화운룡은 그들을 지켜보면서 우뚝 선 채 꿈쩍도 하지 않았다.

자신들 때문에 화운룡이 뿌얀 흙먼지를 뒤집어썼는데도 그들은 미안한 표정조차 짓지 않았다.

그것만 보고도 화운룡은 이들의 심성이 무례하고 소인배라는 사실을 파악했다.

다섯 필의 마상에는 무림인 복장의 다섯 명이 기세등등하게 앉아 있으며, 그중에 한 명이 호수 쪽을 가리키면서 고함치듯이 명령했다.

"저기 저 배들을 압수해라!"

전문 아래쪽 호숫가에는 운영검문의 전용 포구가 있으며 그곳에 큰 배가 두 척, 작은 배가 다섯 척 정박해 있었다. 운영검문 소유의 배들이다.

명령을 받고 두 명이 말을 몰아 포구로 달려갔다.

한 명이 우두머리에게 말했다.

"당주, 저 배들을 팔아봐야 우리가 빌려준 원금의 반의반도
안 됩니다."

당주라고 불린 자는 거들먹거렸다.

"저건 그동안 밀린 이자다."

"아… 그렇군요. 하지만 이자로썬 많이 넘치겠는데요?"

"이자가 몇 달이나 밀리지 않았느냐? 그러니까 이자가 새끼
를 친 것이라고 생각하면 된다."

"우헤헷! 기막힌 발상입니다."

"크크… 내가 누구냐?"

"헤헤헷! 대붕방(大鵬幫)의 장래 방주시죠."

                *   *   *

대붕방의 당주라는 자는 기고만장해서 화운룡을 눈 아래
로 굽어보며 내뱉었다.

"너는 뭐냐?"

다짜고짜 반말이다.

화운룡은 일전에 손설현을 구해주었을 때의 준수하면서도
강인하고 용맹한 용모로 변해 있었다.

화운룡은 쓰레기 같은 자들과 입을 섞는다는 것 자체가 께

름칙해서 대답하지 않고 전문을 두드리려고 했다.

"이놈아! 당주께서 하문하시지 않느냐? 썩 대답하지 않으면 목을 베겠다!"

당주에게 아부하던 자가 버럭 노성을 지르면서 어깨의 도를 뽑았다.

차앙!

이쯤 되면 어서 빨리 자기를 죽여달라고 목 놓아서 발악하는 것이나 다름이 없다.

그러나 화운룡이 대꾸하지 않고 등을 보이고 서 있자 그는 제풀에 다시 도를 도실에 꽂았다.

"문을 열어라!"

아부하던 자가 명령하자 다른 한 명이 말에서 뛰어내려 걸어오면서 화운룡에게 고압적으로 외쳤다.

"거치적거리지 말고 비켜라!"

화운룡은 묵묵히 옆으로 비켜주었다. 이자들은 운영검문에 빌려준 돈을 받으러 온 것 같은데 전문 앞에서 죽인다면 운영검문에 폐가 될는지 모른다.

투서공기(投鼠恐器), 독이 깨질까 봐 독 안에 들어 있는 쥐를 잡지 못하는 것이다.

쿵쿵쿵쿵!

명령을 받은 대붕방도는 주먹으로 문을 두드리다가 나중에는 발로 마구 걷어차며 소리쳤다.

"문 열어라! 대붕방에서 왔다!"

남의 문파, 더구나 태호 일대 명문정파를 방문하는 최소한의 예의조차 갖추지 못한 행동이다.

대붕방의 대붕은 공명정대한 풍모를 갖춘 대인을 일컬음인데 이들은 참새만도 못한 인성의 소유자들이다.

화운룡은 대붕방의 후안무치한 다섯 명을 따라서 운영검문 안으로 들어갔다.

운영검문은 천외신계가 중원을 접수하기 전까지만 해도 부러울 것 없이 잘나가던 건실한 문파였다.

운영검문이 소유하고 있던 여러 사업체들을 강제로 천외신계에 탈취당하지 않았다면 지금 같은 업신여김은 당하지 않았을 터이다.

예전의 명성과 영화를 말해주는 듯 운영검문은 대단한 규모를 지니고 있었다.

화운룡은 대붕방도들을 뒤따라서 어느 전각으로 안내되었다.

전각에는 십여 명이 모여 있었으며 그중에는 손설효와 그녀의 오빠 손형창을 비롯한 운영검문 사람 몇 명과 먼저 온 빚쟁이가 대화를 나누고 있었다.

아니, 대화라기보다는 빚쟁이의 일방적인 폭언이 퍼부어지고 있으며, 손설효와 손형창 등은 참담한 표정으로 그 폭언을 다 감수하고 있었다.

운영검문은 사업체를 다 잃고서 지낸 일 년여 동안 문파를 운영하기 위해서 많은 빚을 질 수밖에 없었다.

손설효와 손형창은 대전으로 기세등등하게 들어서는 대붕방 당주 일행을 발견하고는 착잡했던 표정이 더욱 보기 싫게 일그러졌다.

두 사람은 대붕방 일행 뒤에 따라서 들어오는 화운룡을 발견하지 못했다. 그도 대붕방도 중에 한 명이라고만 여겼다.

먼저 와 있던 빚쟁이와 새로 들이닥친 빚쟁이 대붕방도들은 당장 돈을 내놓으라고 아우성을 쳐댔다.

이들은 예전에 거리에서 운영검문 사람을 만나면 이마가 땅에 닿을 정도로 굽실거렸으며 어떤 일이든지 운영검문이 개입됐다면 무조건 한발 양보하는 비굴한 미덕을 보였었다.

그렇지만 지금은 세상이 바뀌었다. 천외신계 세상이다. 운영검문은 여전히 세력이나 명성이 태호 일대 최강이지만 예전 같은 위세를 떨치지 못하고 있다.

현재는 천외신계 소주분계가 이 지역의 최강자이고 절대자로 군림하고 있다.

그리고 그들에게 잘 보여서 신임을 받은 방파와 문파들이

득세하여 거리를 활보하고 있다.

그러므로 평소 천외신계에 협조적이지 않으며 돈도 없는 빈 껍데기 운영검문이 참새나 비둘기 같은 무리들에게 업신여김을 당하는 것이 당연했다.

"어떻게 할 거야? 돈 내놓을 거야? 말 거야?"

대붕방 당주가 주먹으로 손바닥을 치면서 고성을 지르더니 최후통첩을 했다.

"본방의 자비로운 방주께서는 당신들이 빚을 탕감할 수 있는 한 가지 묘책을 내놓으셨는데 들어 보겠나?"

예전 같으면 손설효와 손형창 앞에서 얼굴도 감히 들지 못했을 당주 나부랭이가 고개를 빳빳하게 쳐들고 두 사람을 몰아세웠다.

손설효와 손형창은 당주의 무례함을 꾸짖기에는 자신들이 너무 비참해졌다는 사실을 잘 알고 있다.

더 비참한 것은 당주가 말한 빚을 탕감할 수 있는 한 가지 묘책이 무엇인지 잔뜩 귀를 기울이고 있는 자신들의 모습을 발견한 것이다.

그래도 손형창은 그 묘책이라는 것을 듣고 싶었다.

"그게 뭐요?"

당주는 손가락을 세워서 휘젓는 시늉을 해보였다.

"간단해. 당신들이 여길 비우고 나가면 되는 거야."

"……."

"무슨 말인지 모르겠나? 운영검문을 우리가 접수하고 빚을 탕감해 주겠다는 거야."

"이런 쳐 죽일 놈!"

평소에는 더없이 침착한 손형창이지만 이런 말을 듣고서는 분을 참지 못하고 당주 앞에 나서면서 일장에 쳐 죽이려는 듯 오른손을 들어 올렸다.

"흐악!"

당주는 혼비백산해서 뒤쪽으로 도망쳤고 수하들도 덩달아서 우르르 물러났다.

그들은 손형창이 얼마나 고강한지 잘 알고 있으므로 감히 반격할 꿈도 꾸지 못했다. 그들 모두 덤벼도 손형창의 오초식을 견디지 못할 것이다.

당주는 손형창이 더 이상 따라오지 않자 멀찍이 떨어진 곳에서 손가락질을 했다.

"지, 지금 뭐 하는 거야? 내가 천신고수들 데려오면 당신들 그걸로 끝장이야! 뭘 알고 지금 지랄하는 거야?"

그러나 손설효와 손형창은 그의 말을 잘 듣지 못했다. 그들이 물러나면서 그 자리에 혼자 덩그러니 서 있는 화운룡을 발견했기 때문이다.

"당신……."

손설효는 놀라면서도 반가운 표정을 지으면서 화운룡에게 다가갔다.

"여긴 웬일이에요?"

그녀는 화운룡이 대붕방도들하고 같이 있었다는 사실을 기억해 냈다.

"당신, 저자들하고 무슨 관계죠?"

"내가 먼저 왔고 저놈들이 나중에 왔지."

"그렇죠?"

손설효는 화운룡이 대붕방하고 무관하다는 사실이 당연하면서도 마음이 놓였다.

그녀는 화운룡에게 부끄러운 꼴을 더 보이지 않으려고 수하를 불러서 그를 다른 곳으로 안내하여 기다리게 했다.

그러나 화운룡은 가지 않고 손설효와 손형창에게 말했다.

"두 사람하고 잠시 의논할 게 있다."

"의논이요? 나중에 하면 안 될까요?"

"지금 하는 게 좋겠다."

손설효는 어떻게 했으면 좋겠느냐는 듯 오빠 손형창을 쳐다보았다.

손형창은 고개를 끄떡였다.

"은공 말씀에 따르자."

화운룡과 손설효, 손형창은 실내의 탁자에 마주 앉았다.

화운룡은 에두르지 않고 단도직입적으로 본론을 꺼냈다.

"항주의 기루와 주루 스물두 곳의 호위를 너희가 맡아주었으면 좋겠다."

느닷없는 말에 손설효와 손형창은 어리둥절한 표정을 지었다.

손형창이 어이없는 표정으로 물었다.

"우리더러 기루와 주루의 호위를 맡으라는 말이오?"

"그렇다."

손형창은 불쾌한 표정을 지었다. 화운룡이 아무리 은공이라고 해도 명문정파더러 한낱 기루와 주루의 호위무사를 해달라는 것은 참기 어려운 모욕이다.

그렇지만 손형창은 발작하지 않았다. 그러기에는 화운룡이 베푼 은혜나 너무 컸다.

손형창은 더 이상 들을 얘기가 없다는 듯 빚쟁이들을 상대하기 위해서 일어섰다.

"효야, 네가 은공을 모셔라."

손형창이 문으로 걸어가는데 화운룡이 조용한 목소리로 중얼거렸다.

"소나기는 피하는 게 좋아."

천외신계 세상에서는 몸을 사리라는 뜻이고 손형창은 즉시
알아들었다.

손형창은 걸음을 멈추고 돌아보며 씁쓸한 표정을 지었다.

"소나기를 피할 처마가 없소이다."

"내 제안이 처마야."

"그것은……."

"아직 배가 덜 고팠나?"

화운룡이 일어섰다.

"들개 떼에게 뜯어먹혀 버리면 그걸로 끝이야. 살아 있어야
기회도 있는 법이지."

화운룡은 문으로 걸어갔다.

"내 제안을 받아들이지 않는다면 너희들하고의 인연은 이
것으로 끝이로군."

손설효가 급히 물었다.

"당신이 우리들이 소나기를 피할 수 있는 처마가 돼줄 수
있다는 건가요?"

"물론이다."

현재 운영검문이 당면한 소나기는 돈이 없어서 겪는 최악의
궁핍함이다.

"호위를 해주면 얼마를 줄 건가요?"

손설효의 말에 손형창이 버럭 노성을 질렀다.

"효야! 그만해라!"

이럴수록 자꾸만 더 비참해지는 것 같아서 상대가 은공이라고 해도 손형창은 견디기가 어려웠다.

운영검문은 지난 일 년여 동안 수입은 단 한 푼도 없었으면서도 지출은 아무리 허리띠를 졸라매도 매월 최소 은자 오천냥 이상이 들었다.

그걸 죄다 빌려서 쓰고 또 빌려서 메웠다. 그랬더니 이자를 갚지 못해서 그게 눈덩이처럼 불어나 원금보다 더 커져서 은자 십만 냥이 돼버렸다.

운영검문으로선 지금 당장 돈 나올 곳이 아무 데도 없다. 문하고수들의 끼니를 걱정하고 있는 상황이다. 이대로 한 달, 아니, 보름만 지나면 봉문(封門)을 하고 문하고수들을 해산시켜야 형편에 처했다.

화운룡은 숙련된 장사꾼 같은 표정을 지으며 손가락 하나를 세워 보였다.

"호위고수 한 명당 백 냥을 주겠다."

얼굴을 잔뜩 찌푸리고 있던 손형창과 착잡한 표정을 짓고 있던 손설효는 귀가 번쩍 떠졌다.

현재 운영검문에는 삼백오십여 명의 일류급 고수들이 있다. 원래는 육백여 명이었는데 궁핍함을 이기지 못하고 하나둘 제 살길을 찾아서 떠나 삼백오십여 명만 남았다.

손설효가 발딱 일어섰다.

"몇 명이나 필요하죠?"

백 냥이면 은자로 두 냥이고, 만약 운영검문의 삼백오십 명을 다 쓴다면 은자 칠백 냥이다.

물론 한 달 녹봉일 것이다. 일 년에 백 냥을 주지는 않을 것이다. 그건 도둑놈 심보다.

예전 같으면 일류고수 녹봉으로 한 달에 최소 은자 닷 냥은 충분히 받았지만 지금은 세상이 각박해서 은자 한 냥짜리 일거리를 구하는 것도 하늘의 별 따기만큼 어렵다는 사실을 손설효 남매는 잘 알고 있다.

은자 한 냥은 구리돈 오십 냥이니까 은자 한 냥 녹봉을 받아도 일가족이 풍족하진 않아도 먹고사는 데는 지장이 없는 액수다.

"기루와 주루 한 곳에 최소한 열다섯에서 스무 명이 필요하다. 그만한 수가 되나?"

"기루와 주루가 몇 군데라고 했죠?"

"스물두 곳이다."

"돼요. 충분해요."

손설효는 화운룡에게 가까이 다가갔고 손형창은 팔짱을 끼고 지켜보았다.

"숙식은 제공할 건가요?"

"당연하지."

그렇다면 삼백오십 명이 매월 은자 칠백 냥씩 벌어들일 수가 있는 것이다.

문파에서 펑펑 놀고 있느니 숙식이 해결되면서 은자 칠백 냥을 벌어들일 수 있다면 괜찮은 일감이다.

"기일은 얼마나 되죠?"

"너희가 원하는 만큼이다."

조건이 점점 더 마음에 드는 손설효다. 이제 가장 중요한 것을 물어봐야 할 차례다.

"혹시… 선금을 받을 수 있을까요?"

그녀는 매우 어렵게 물어봤지만 뜻밖에도 화운룡은 선선이 고개를 끄떡였다.

"삼백오십 명에 대한 일 년치를 선금으로 주겠다."

"아아……."

은자 칠백 냥의 일 년치면 팔천사백 냥이다. 그거면 저 밖에서 돈을 갚으라고 악다구니를 쓰고 있는 놈들에게 옛다! 하고 밀린 이자를 던져줄 수가 있을 것이다.

그렇게 하면 일 년 동안 손가락을 빨면서 살아야겠지만 숙식을 제공한다니까 일단 급한 불은 끌 수가 있다.

손설효는 손형창을 힐끗 쳐다보고 나서 단단한 표정으로 화운룡에게 말했다.

"하겠어요."

"좋아. 그렇다면 선금을 지금 주겠다."

화운룡은 탁자로 가서 앉아 품속에서 두툼한 두께의 전표철을 꺼냈다.

손설효는 이끌리듯이 다가와서 화운룡 맞은편에 앉아 그가 하는 행동을 유심히 지켜보았다.

화운룡은 은자 십만 냥짜리 붉은색의 전표 넉 장과 만 냥짜리 누런색의 전표 두 장을 떼어내 일일이 수결(手決: 사인)을 하고 나서 전표 여섯 장을 손설효에게 주었다.

"받아라."

손설효는 엉겁결에 받고서 화운룡을 쳐다보았다.

"계약서도 작성하지 않았는데 이렇게 선뜻 선금을 줘도 괜찮겠어요?"

"너는 약속을 어길 생각이냐?"

"죽어도 그럴 생각 없어요."

"그럼 된 것 아니냐?"

화운룡은 전표철을 품속에 넣으며 일어섰다.

손설효는 쥐고 있는 전표들을 보면서 물었다.

"이것은 어느 전장 것인가요?"

"대륙전장 것이다."

과거 중원 최대 상단으로 군림했었던 대륙상단 산하의 대

류전장은 천하 곳곳에 수백 곳이나 깔려 있으며 중원에서 가장 신뢰할 수 있는 전장이라서 그곳에서 발행한 전표는 돈이나 다름이 없다.

"대륙전장 전표라면……."

손설효는 정말 대륙전장 전표가 맞는지 보려고 고개를 숙이면서 말하다가 갑자기 입을 다물었다.

손형창은 손설효가 고개를 숙이고 탁자에 펼쳐놓은 전표를 뚫어지게 쳐다보면서 부르르 몸을 떠는 것을 보고 뭔가 잘못됐다는 생각이 들었다.

"효야."

"이… 이게 뭐죠?"

손설효는 화운룡을 보며 어리둥절한 얼굴로 물었다.

"전표다."

"그런데 여기 액수가……."

"틀리다는 것이냐?"

손설효는 전표 여섯 장을 들고 일어섰다.

"당신이 잘못 줬어요. 이건……."

화운룡은 손가락까지 꼽아가면서 계산을 했다.

"한 명당 백 냥이면 일 년에 천이백 냥이고, 삼백오십 명이니까 사십이만 냥 아니냐? 뭐가 틀렸다는 것이냐?"

손설효의 계산으로는 구리돈 백 냥씩 삼백오십 명이면 삼

만오천 냥이고 일 년치니까 사십이만 냥, 구리돈 오십 냥에 은자 한 냥이니까 은자로 팔천사백 냥이어야 맞는 계산이다.

한순간 손설효는 머릿속에서 폭죽이 터지는 느낌을 받았다.

"설마⋯ 한 명당 녹봉 백 냥이 구리돈이 아니라 은자라는 건가요?"

"그렇다. 나는 싸구려는 쓰지 않는다."

"아아⋯⋯."

손설효는 경악, 아니, 혼비백산해서 아무 말도 하지 못하고 우두커니 서 있었다.

손형창이 그녀의 손에서 전표를 받아서 살펴보더니 눈을 잔뜩 부릅떴다.

틀림없는 은자 십만 냥짜리 넉 장과 만 냥짜리 두 장 도합 사십이만 냥이다.

이 돈이라면 빚 십만 냥을 한꺼번에 몽땅 지금 당장 갚아버리고도 삼십이만 냥이나 남는다.

거기에서 문하 고수 삼백오십 명에게 한 명당 일 년치 은자 육백 냥씩 이십일만 냥을 일시불로 지급하고서도 십일만 냥이 남는다.

말 그대로 빈집에 황소가 들어왔다.

"이⋯ 이거⋯⋯."

거기까지 계산한 손형창은 망연자실한 표정으로 화운룡을
쳐다보았다.

화운룡은 딱 부러지는 얼굴로 못을 박았다.

"이미 약속했으니까 거래를 물릴 생각은 하지 마라."

그는 몸을 돌려 문으로 걸어갔다.

"밖에서 기다릴 테니 오래 기다리게 하지 마라."

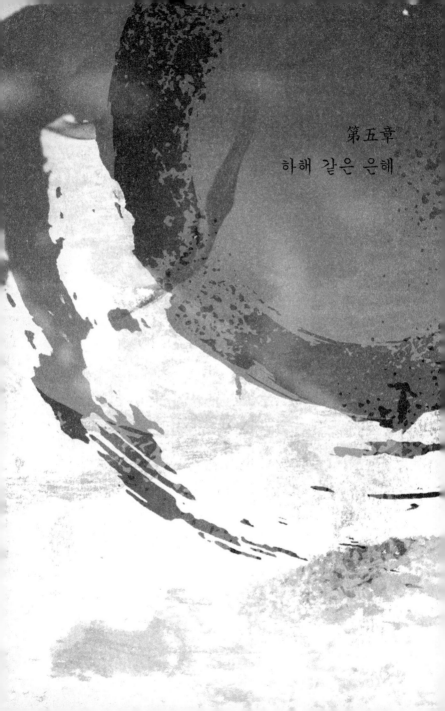

第五章

하해 같은 은혜

화운룡이 나간 후에 손설효와 손형창은 한동안 아무 말도 하지 못하고 우두커니 서 있기만 했다.

어느샌가 손설효가 소리 죽여서 조용히 흐느끼기 시작했고 손형창도 굵은 눈물을 뚝뚝 흘렸다.

두 사람은 이날까지 살아오면서 지금처럼 감정이 복받친 적이 한 번도 없었다.

감정이 메말랐기 때문이 아니라 누군가 두 사람을 이토록 감동시켰던 적이 없었다.

두 사람은 화운룡이 자신들을 도우려고 일부러 찾아온 것이라고 생각했다.

그러지 않고서는 더 이상 궁핍할 수 없는 이 상황에 화운룡이 갑자기 불쑥 찾아와서 한 명당 은자를 백 냥씩 녹봉으로 주면서 삼백오십 명이나 호위고수로 쓰고 싶다는 제안을 할 리가 없다.

요즘 같은 각박한 세상에 누가 일류고수 녹봉으로 은자 백 냥씩이나 주고 또 삼백오십 명의 일 년치 녹봉을 한꺼번에 선뜻 내준다는 말인가.

그래서 손설효 남매는 화운룡에 대한 고마움이 말로는 표현할 수 없을 정도가 되었다.

두 사람은 한동안 울음을 그치지 못했다.

화운룡이 대전에 나와서 기다리고 있는 동안 두 무리의 빚쟁이들은 운영검문을 어떻게 나누어 가질지에 대해서 한 치의 양보도 없이 설전을 벌이고 있었다.

그때 한쪽에서 손설효와 손형창이 나란히 걸어오는데 얼마나 울었는지 눈이 빨개졌다.

그러나 두 사람 얼굴에서는 조금 전의 침통한 기색은 찾아볼 수 없으며 오히려 세상을 다 가진 듯한 환한 표정이 얼굴에 가득했다.

두 무리의 빚쟁이들은 손설효와 손형창이 가까이 다가오기도 전에 두 사람에게 다가가며 운영검문을 자신들에게 넘기라고 악다구니를 써댔다.

손형창이 힘차게 발을 구르며 호통을 쳤다.

쿵!

"입 닥쳐라!"

두 무리의 빚쟁이들은 조금 전과 달리 돌변한 손형창의 태도에 어리둥절한 표정을 지었다.

그때 화운룡이 손설효와 손형창에게 넌지시 말했다.

"그놈들 죽여도 좋다. 뒤는 내가 책임지겠다."

두 무리의 빚쟁이들은 눈을 크게 뜨고 화운룡과 손설효 등을 번갈아 쳐다보았다.

"무, 무슨 헛소리야?"

"우리를 건드리면 천신계가 가만히 있을 것 같으냐?"

손형창은 바닥을 가리키며 명령했다.

"꿇어라."

두 무리의 빚쟁이 십여 명은 머뭇거리면서 서로의 눈치를 살폈다.

그들은 손설효와 손형창이 화운룡하고 대화를 나누고 온 후에 느닷없이 태도가 변한 것이 무슨 곡절이 있을 것이라고 짐작했다.

그러나 꿇으라는 명령에 따르지는 않았다. 돈을 받으러 온 그들이 무릎을 꿇어야 할 이유가 없다.

손설효가 대전 가장자리에 있는 운영검문 문하고수들에게 차가운 목소리로 명령했다.

"셋을 셀 때까지 저놈들이 무릎을 꿇지 않으면 가차 없이 죽여라."

차차창!

그렇지 않아도 하찮은 삼류방파의 빚쟁이들이 눈에 보이는 것 없이 행동하는 것 때문에 속이 부글부글 끓고 있던 문하고수들은 일제히 검을 뽑으며 그들에게 다가들었다.

"어어……"

"무… 무슨 짓이… 야…?"

빚쟁이들이 놀라서 허둥거리고 있을 때 손설효가 냉랭하게 수를 세었다.

"하나."

빚쟁이들은 움찔했고 운영검문 고수들이 시퍼런 검을 쥐고 더 가깝게 다가왔다.

"둘."

손설효는 절대로 목소리를 크게 하지 않고 조용한 목소리로 수를 셌다. 그게 더 공포스러웠다.

빚쟁이들 얼굴에 당황함과 두려움이 뒤덮였다. 그들은 이것이 절대로 장난이 아니라는 사실을 깨달았다.

손설효가 차가운 얼굴로 셋을 세려고 할 때 빚쟁이들 십여 명은 일제히 그녀 앞으로 몸을 던졌다.

우당탕!

무릎을 꿇은 자는 한 명도 없다. 다들 쓰러지고 엎어진 상태에서 무릎을 꿇으려고 허둥거렸다.

손설효와 손형창 앞에 빚쟁이들이 무릎을 꿇고 있으며 그 뒤에는 운영검문 고수들이 검을 쥔 채 살기등등하게 늘어서 있어서 분위기가 자못 험악했다.

손설효는 대봉방 당주에게 은자 십만 냥짜리 전표 하나를 손가락으로 툭 퉁겼다.

"받아라."

전표가 살아 있는 것처럼 스르르 허공을 미끄러져 오자 당주는 엉겁결에 잡았다.

손설효가 가슴속에 켜켜이 쌓인 분노와 설움의 앙금을 토해내듯이 중얼거렸다.

"둘이 나누어 가져라."

당주는 전표를 들여다보더니 눈이 화등잔처럼 커졌다.

몇 번이나 들여다봐도 대륙전장에서 발행한 은자 십만 냥짜리 전표가 분명하다.

"부족하냐?"

원금은 빚쟁이 둘을 합쳐서 육만 냥 정도고 이자가 삼만 몇 천 냥 정도다.

　그것도 고리대금이라서 턱없이 높게 붙은 이자지만 빌려 쓰는 입장에서는 찬밥 더운밥을 가릴 처지가 아니었다.

　그러므로 은자 십만 냥짜리 전표 한 장이면 빚을 깡그리 탕감하고도 남았다.

　"부족하냐고 물었다. 대답해라."

　그렇게 차디차게 말하는 손설효는 앙금이 다 쏟아져 나가 속이 다 후련했다.

　당주는 전표를 다시 한번 보고 나서 손설효를 올려다보며 더듬거렸다.

　"부… 족하지 않습니다……."

　조금 전까지만 해도 반말을 찍찍 하던 놈이 꼬랑지를 사타구니 사이로 깊게 말아 넣었다.

　순간 손설효의 발이 앞으로 뻗어 나갔다.

　퍽!

　"왁!"

　그녀의 발끝에 가슴팍을 걷어차인 당주는 비명을 지르면서 뒤로 붕 날아갔다.

　당주가 바닥에 나뒹굴기도 전에 손설효는 꿇어앉은 자들의 가슴팍을 차례로 걷어찼다.

　퍼퍼퍼퍽!

"흐악!"

"끄윽!"

빚쟁이 십여 명은 모조리 대전 한쪽에 나뒹군 채 일어나지 못하고 가슴을 거머쥐면서 숨넘어가는 고통에 몸부림쳤다.

손설효가 그들을 보면서 쩽한 목소리로 말했다.

"네놈들에게 받은 수모를 생각하면 당장 목을 베고 싶은 것을 간신히 참고 있다."

빚쟁이들은 사색이 되어 손설효의 눈치만 살폈다.

"이후 네놈들 방주라고 해도 내 눈에 띄면 요절을 내겠다고 전해라. 꺼져라!"

빚쟁이들은 꽁지에 불이 붙은 것처럼 도망쳤다.

손형창은 소주현에 가서 전표 다섯 장을 전부 은자로 바꿔 문파로 돌아왔다.

그는 문하 고수 삼백오십 명을 한곳에 모아놓고 항주의 기루와 주루를 호위하는 일을 맡게 되었으며 그 일에 대해서 자세하게 설명하고 한 명당 녹봉의 액수와 일 년치 선금을 받았다는 사실을 사실대로 말해주었다.

그러고 나서 항주의 기루와 주루의 호위고수 일에 찬반 여부를 물었으나 단 한 명도 반대하지 않았다.

손형창은 삼백오십 명 모두에게 은자 육백 냥씩을 고루 나누어주고 나서 우렁차게 외쳤다.

"모두 지금 외출했다가 내일 아침 사시(巳時: 오전 10시경)까지 돌아와라!"

"와아아!"

운영검문 삼백오십 명 고수들이 일제히 기쁨에 가득 찬 환호성을 터뜨렸다.

운영검문 고수들은 떠돌이가 아니고 문파에서 짧게는 몇 년에서 길게는 수십 년 동안 몸담고 있었기 때문에 대부분 소주현에서 가족을 부양하고 있다.

그들은 지난 일 년이 넘는 동안 운영검문이 총체적으로 궁핍한 탓에 녹봉을 일절 받지 못해서 단 한 푼도 집에 가져가지 못했기 때문에 가족들의 살림살이는 뭐라고 설명할 수 없을 정도로 비참해졌다.

가족들은 먹고살기 위해서 밖으로 나가 자신들이 할 수 있는 일이라면 무엇이든 하면서 돈과 먹을 것을 구하는 데 온 힘을 다했다.

그렇게 형편없는 생활을 하면서도 여기에 있는 삼백오십 명은 끝내 문파를 떠나지 않고 꿋꿋하게 지켜왔다.

그런데 오늘 난데없이 일인당 은자 육백 냥이라는 어마어마한 거액을 받았으니 그저 꿈을 꾸는 것만 같은 심정이다.

보통 다섯 명 기준의 일가족이 한 달 동안 생활하려면 아껴서 쓸 경우 은자 두 냥 즉, 구리돈 백 냥이면 넉넉하다.

그렇게 계산했을 때 은자 육백 냥은 일가족이 장장 이십오 년 동안 걱정 없이 먹고살 수 있는 거액이다.

삼백오십 명의 문하고수들은 한시바삐 가족들에게 달려가서 은자 육백 냥을 주며 그동안 고생이 많았다고 등을 두드려주고 싶은 생각에 절로 어깨가 들썩거렸다.

은자 육백 냥을 받게 되면 필경 가족들은 울음을 터뜨리면서 얼싸안고 기뻐할 것이다.

고수들의 함성은 오랫동안 운영검문을 거세게 울렸다.

"가시다니요? 절대 안 됩니다!"

화운룡이 먼저 항주에 가서 기다리겠다고 말하자 손설효와 손형창은 결사적으로 제지했다.

손설효는 간절하고도 강경한 표정으로 화운룡을 막아섰다.

"오늘은 이곳에서 주무시고 내일 저희들과 함께 떠나요. 꼭 그러셔야 합니다."

"그래도 가시겠다면 차라리 거래를 무효로 하겠습니다. 그러시겠습니까?"

빚쟁이와 수하들에게 돈을 삼분지 이 이상이나 나누어주고서도 거래를 무효로 하겠다고 엄포를 놓았다. 그 정도로 화운룡이 가지 못하게 붙잡고 싶은 심정인 것이다.

사실 화운룡으로서는 이미 늦은 오후이기 때문에 소주현에서 하룻밤 묵고 내일 출발해야 했으니 운영검문에서 묵는다고 해도 나쁘지 않다.

"알았다. 신세를 지마."

화운룡의 말에 손설효와 손형창은 만세라도 부를 것처럼 펄쩍 뛰며 기뻐했다.

저녁 식사 자리에 손설효의 모친이 직접 나와서 화운룡에게 인사를 했다.

모친은 매우 후덕한 용모이며 오십 대 중반인데 화운룡을 대접하겠다면서 그녀가 직접 주방에서 요리를 했다.

"그럼 맛있게 드세요."

모친은 화운룡이 식탁에 앉는 것을 보고는 공손히 인사를 하더니 물러가려고 했다.

문득 화운룡은 어떤 기억을 떠올리고는 모친을 불렀다.

"내가 문주의 환후를 봐도 되겠습니까?"

모친과 손설효 남매는 깜짝 놀랐다. 부친이 병중이라는 말을 하지 않았는데 화운룡이 불쑥 그의 환후를 봐도 되냐고 물었기 때문이다.

화운룡이 지금으로부터 십이 년 후에 손설효를 만났을 때 그녀의 부친은 이미 죽고 없었다.

미래에 만나게 될 그녀의 말에 의하면 부친은 먼 길을 다녀오다가 마도의 고수인 잔혈마(殘血魔)라는 자가 악행을 저지르는 광경을 목격하여 그와 일전을 벌였다.

그러나 잔혈마에게 패하여 중상을 입고 간신히 도주, 문파에 도착하자마자 혼절하여 석 달 동안 깨어나지 못하다가 끝내 숨을 거두었다고 했다.

이후 그녀와 오빠 손형창은 부친의 복수를 하기 위해서 가문의 절학인 절운섬영검법을 십여 년 동안 절치부심 연마하여 대성을 이루었다.

그러나 잔혈마는 지난 십여 년 사이에 더욱 고강한 마고수로 성장하여 마도의 집합체인 마련(魔聯)의 세 명의 부련주 중한 명이 되어 있었다.

그래서 손설효와 손형창은 잔혈마를 죽이기 위해서 문파의 고수 오백여 명을 이끌고 마련으로 쳐들어갔으나 결국 뼈아픈 패배를 당하여 고수 이백여 명을 잃고 분루를 흘리면서 도망쳐야만 했다.

이후 그녀는 그 당시 무림에서 가장 고강한 초절고수인 화운룡을 찾아가서 같이 마련을 괴멸시키면 평생 그의 종이 되겠다고 말했던 것이다.

손설효가 놀라서 화운룡에게 물었다.

"당신이 아버지께서 환후 중이신 걸 어떻게 알고 있죠?"

화운룡이 그녀를 가볍게 꾸짖었다.

"효보보(曉寶寶)야, 너는 이제부터 나를 오빠라고 부르는 것이 어떻겠느냐?"

"앗!"

"아!"

화운룡이 손설효를 집안사람들만 부르는 귀염둥이라는 뜻의 '효보보'라고 부르자 그녀와 손형창, 모친은 깜짝 놀라서 비명을 질렀다.

"어… 어떻게 제 별명을 아신 건가요?"

손설효가 귀신에 홀린 것처럼 묻자 화운룡은 조용히 그녀를 타일렀다.

"나는 너희 부친이 매우 위중하여 며칠을 넘기지 못할 것이라고 알고 있다. 어떠냐? 지금 내가 네 부친을 보러 가는 것이 좋겠느냐? 아니면 네 물음에 장황하게 설명하는 것이 순서이겠느냐?"

손설효와 손형창은 얼굴 가득 놀라는 표정을 지으면서도 어쩌면 화운룡이 부친을 살릴 수 있을지도 모른다는 한 가닥 기대를 품게 되었다.

왜냐하면 화운룡이 지금까지 행한 일들이 전부 기적과도 같았기 때문이다.

　　　　　*　　　　　　*　　　　　　*

　화운룡이 예상했던 대로 손설효의 부친 손의강(孫義康)은
잔혈마의 장력에 내장과 장기들이 거의 다 녹아버린 최악의
상황이었다.

　공력이 심후한 장력이 지니고 있는 무서움은 두 가지다. 하
나는 파괴력이고 또 하나는 장독(掌毒)이다.

　장독이라고 해서 흔히 알려져 있는 독(毒)이 아니다. 독을
사용하지 않으면서도 독처럼 무섭기 때문에 장독 즉, 손바닥
독이라고 하는 것이다.

　장력에 적중되면 파괴력으로 인해서 뼈와 장기가 박살 나
서 죽거나 중상을 당한다.

　즉사를 하지 않았을 경우에는 장력에 실렸던 공력이 으깨
어진 장기와 뼈에 남아서 그 부위를 급속도로 황폐화시킨다.

　그렇기 때문에 그것을 장독이라 하고, 장독이 침투하면 빨
리 죽거나 질질 끌다가 죽거나 두 가지 유형이지만 죽는 것은
매한가지라는 것이다.

　슥…….

　화운룡이 손의강의 가슴에서 손을 떼는 것을 지켜보고 있
던 손설효가 조심스럽게 물었다.

　"어떤가요? 장독이 심하시죠?"

손의강은 잔혈마에게 당하고 문파에 돌아오자마자 쓰러져서 지금까지 깨어나지 못하고 있다.

손설효와 손형창은 부친에게서 잔혈마에게 당했다는 한마디만 들었을 뿐이다.

화운룡은 손설효의 물음에는 대답하지 않고 다른 것을 주문했다.

"빈 그릇 하나 가져와라."

"빈 그릇은 왜……."

손설효가 묻는데 손형창이 재빨리 빈 그릇을 가지러 밖으로 달려 나갔다가 잠시 후에 돌아와 화운룡에게 공손히 빈 그릇을 내밀었다.

"여기 있습니다."

손형창은 화운룡이 자신보다 나이가 어리다는 것을 알면서도 몹시 공손했고 말투도 변했다.

침상가 의자에 앉은 화운룡이 왼손에 빈 그릇을 들고 오른손을 그 위에 댔다.

손설효와 손형창은 화운룡의 오른손이 시커멓게 변해 있는 것을 그제야 발견했다.

"아! 은공 손이 어째서……."

화운룡은 명천신기를 이용해서 손의강의 장독을 모조리 빨아냈기 때문에 오른손이 시커멓게 변한 것이다.

주르르……

그런데 그의 손가락 끝에서 시커먼 먹물 같은 액체가 빈 그릇에 쏟아지듯이 흘러내렸다.

"아아……."

그걸 본 손설효와 손형창은 화운룡이 부친 상처 부위의 장독을 빨아냈다는 사실을 깨달았다.

사실 화운룡은 혼절해 있는 손의강이 잔혈마에게 장력을 적중당한 가슴 부위를 보자마자 진맥도 하지 않고 명천신기를 끌어올려서 장독을 빨아냈던 것이다.

진맥은 아예 할 필요가 없었다. 이런 경우에는 장독만 빨아내면 그 즉시 완치가 된다.

그동안 손의강을 진맥하고 치료해 온 의원들도 어떻게 치료를 해야 하는지 방법은 알고 있었지만 장독을 빨아낼 정도의 심후한 공력이 없기에 속수무책이었던 것이다.

잠시 후 빈 그릇에는 먹물처럼 새카맣고 악취가 나는 액체가 그득하게 고였으며 반면에 화운룡의 오른손은 원래의 흰색을 되찾았다.

"음……."

그때 손의강이 나직한 신음 소리를 내자 손설효와 손형창, 그리고 모친이 놀라서 급히 그를 쳐다보았다.

그런데 놀라운 일이 벌어졌다. 손의강이 부스스 상체를 일으키며 말을 하는 것이다.

"으음… 무슨 일인가?"

"여보!"

"아버지!"

모친과 손설효, 손형창은 비명처럼 부르짖으며 눈물을 왈칵 쏟았다.

화운룡이 손의강을 치료하느라 저녁 식사가 한 시진이나 늦어졌다.

원래 저녁 식사에는 손설효와 손형창이 화운룡을 대접하려고 했으나 손의강과 모친까지 식탁에 둘러앉아 화기애애한 분위기가 되었다.

"여보, 정말 괜찮으시겠어요?"

지난 석 달 동안 혼절한 상태로 자리보전하고 누워 있으면서 죽을 날을 받아놓았던 손의강이 저녁 식사를 함께하겠다면서 버젓이 식탁 앞에 앉아 있는 것을 보고 모친이 걱정스럽게 물어보았다.

손의강은 휘이휘이 손을 저으며 웃었다.

"내 걱정은 하지 마오. 난 지금이라도 훨훨 날아갈 것처럼 건강하니까 말이오! 허허헛!"

손의강은 무려 석 달 동안 병석에 누워 있었기 때문에 몹시 여위고 수염이 덥수룩하며 초췌한 모습이다.

손설효가 화운룡에게 물었다.

"은공 생각은 어떤지 말씀해 보세요? 아버지께서 이렇게 하셔도 되는 건가요?"

화운룡은 담담하게 미소 지으며 손의강을 바라보았다.

"장독은 다 완치가 됐지만 오랫동안 병석에 계셨으므로 당분간 죽이나 보양식을 드시면서 심신을 다스리며 정양하시는 것이 좋습니다."

"그것 보세요!"

손의강은 손설효와 손형창에게 화운룡이 자신들과 운영검문에 어떤 은혜를 베풀었는지 자세한 설명을 들었기에 그를 몹시 공경하는 표정으로 바라보았다.

"나는 오늘 은공과 함께 대작해도 끄떡없는데 대체 얼마나 정양을 해야 한다는 것이오?"

"보름 정도 운공조식을 꾸준히 하시면서 불초가 처방한 약을 드신다면 원기를 회복하실 겁니다."

"보름씩이나……."

손의강은 무척 아쉬운 표정을 지었지만 화운룡의 말에 토를 달지 않고 일어나 그를 향해 정중하게 포권을 하면서 허리를 굽혔다.

"은공의 하해 같은 은혜에 나 손의강은 다시 한번 심심한 감사를 드리는 바이오."

화운룡은 일어나서 손을 저었다.

"이러지 마십시오."

손의강은 허리를 펴고 정색을 하며 물었다.

"실례지만 이 말은 꼭 물어봐야겠소. 혹시 은공께서 우리에게 이처럼 큰 은혜를 연이어 베푸는 이유가 있소?"

"아, 아버지……!"

손설효와 손형창은 깜짝 놀라 부친을 말리려고 했으나 화운룡은 빙그레 미소 지으며 대답했다.

"인연이라고 생각합니다."

손설효와 손형창이 안풍현에서 어떻게 화운룡을 처음 만나 구명지은을 입었는지에 대하여 들어서 알고 있는 손의강은 고개를 크게 끄떡였다.

"그렇구려. 이야말로 백두여신경개여고(白頭如新傾蓋如故)가 아니겠소?"

흰머리가 될 때까지 오래 사귀었어도 언제나 새로 만난 것처럼 서먹한 사이가 있는가 하면, 잠시 인사를 나누었을 뿐인데도 오래 사귄 것처럼 친밀함을 느낀다는 뜻이다.

일테면 화운룡이 후자인 경개여고라는 얘기다.

오십구 세인 손의강은 아직 젊어서 혈기가 왕성한 손설효와 손형창하고는 많이 다르다.

화운룡에게 여러 차례에 걸쳐서 큰 은혜를 입은 것은 인정하지만 그가 어째서 자신들에게 은혜를 베푸는지 이유를 알아야 한다는 생각에서 물었던 것이다.

그런 의미에서 손의강의 의문은 아직 풀리지 않았다.

"하나만 더 묻겠소."

화운룡은 그가 무엇을 궁금하게 여기는지 짐작했다.

"그러십시오."

"은공은 누구시오?"

손의강의 물음에 손설효와 손형창은 조금 전처럼 법석을 떨지 않고 가만히 있었다.

그들도 화운룡이 누구인지 줄곧 궁금하게 생각하고 있었기 때문이다.

화운룡은 금세 대답하지 않고 진지하면서도 심각한 표정으로 약간 고개를 숙인 채 한동안 생각에 골몰했다.

손설효와 손형창은 그의 표정으로 미루어 그가 매우 곤란한 상황에 처했다는 사실을 짐작했지만, 그가 누군지 알고 싶은 마음이 크기에 잠자코 있었다.

화운룡은 한참이 지나서야 어렵사리 입을 열었다.

"불초가 누군지 밝히는 것은 쉽지 않은 일입니다."

"어째서 그렇소? 그저 간단하게 내가 아무개라고 밝히면 되는 일 아니오?"

"만약 불초가 누구라는 것을 알게 된 후에 이곳에 있는 사람 중에서 누군가 그 사실을 외부에 알린다면 불초는 매우 곤란한 상황에 처하게 될 것입니다."

"어떤 곤란한 상황이오?"

"때에 따라서 수천, 아니, 수만 명이 죽음을 당할 수도 있습니다. 그들 중에는 운영검문도 포함됩니다."

그의 말에 실내에 있는 사람들은 어느 누구 하나 예외 없이 그의 허풍이 지나치게 세다는 생각을 했다.

세상천지에 이름 하나를 외부에 알린다고 해서 수만 명이 죽음을 당한다는 얘긴 들어본 적도, 상상을 해본 적도 없기 때문이다.

그러나 화운룡이 살아 있다는 사실이 알려질 경우 제일 먼저 해룡상단이 위험해질 것이다.

대륙상단까지 포함하고 있는 해룡상단에는 수십만 명이 속해 있으며 천외신계가 해룡상단을 장악하려고 전면 공격을 한다면 수만 명이 죽을 수도 있는 것이다.

화운룡의 말이 이어졌다.

"불초는 아내와 가족, 측근들 그리고 수하들을 찾아야만 하는데 적들이 불초가 살아 있다는 사실을 알게 된다면 목표를 이루는 데 더욱 어려워질 것입니다."

그에게 아내가 있다는 말에 손설효의 얼굴에 실망하는 기색이 살짝 떠올랐지만 아무도 발견하지 못했다.

손설효와 손형창은 여전히 화운룡이 너무 허풍을 크게 친다는 생각을 했지만 노련한 손의강은 달랐다.

손의강은 화운룡의 말에서 몇 가지 사실을 유추해 냈다.

"음, 혹시 은공의 적은 은공이 죽었다고 생각하는 것이오?"

"그렇습니다."

손의강은 고개를 크게 끄떡였다.

"은공의 적은 은공을 대단하게 여기는 것 같소. 이를테면 은공이 죽었다고 믿기 때문에 은공의 적이 안심하고 있는 게 아니겠소?"

"그럴 겁니다."

손의강은 화운룡이 무안할 정도로 그를 뚫어지게 주시하더니 묵직하게 말했다.

"나는 은공이 누군지 알 것 같소."

손설효와 손형창은 깜짝 놀랐지만 화운룡은 담담한 표정으로 가만히 있었다.

손의강은 가슴을 활짝 펴고 의연하게 말했다.

"나는 은공의 신분을 알게 되더라도 목숨을 걸고 발설하지 않을 각오가 되어 있소."

그는 손설효와 손형창을 보면서 단단한 표정으로 말했다.

"너희들에게 아비와 같은 의지가 없다면 밖으로 나가라."

손설효와 손형창은 움찔 놀랐으나 강인한 표정을 지으며 주먹을 움켜쥐었다.

"저도 아버지처럼 목숨을 걸고 비밀을 지키겠어요."

"누가 저를 잔인하게 죽인다고 해도 은공이 누군지 절대로 발설하지 않겠습니다."

"음, 알았다."

손의강은 부인을 밖으로 내보내고 나서 정중한 표정으로 화운룡에게 말했다.

"혹시 은공의 적은 천외신계요?"

"그렇습니다."

손의강은 화운룡이 말해준 몇 가지 사실을 바탕으로 그가 누군지 짐작했으며 그것을 확인하려고 질문을 이어나갔다.

"은공의 문파가 천외신계에게 멸문을 당했소?"

"그렇습니다."

"은공의 문파는 춘추구패 중에 하나가 아니었소?"

"그랬었지요."

손설효와 손형창은 크게 놀라서 아! 하고 외마디 탄성을 터뜨렸다. 두 사람은 비로소 화운룡이 누군지 알게 되었다.

"은공은 그 문파의 문주였소?"

"그렇습니다."

손의강과 손설효, 손형창은 얼굴 가득 더없는 놀라움과 경탄을 떠올리며 화운룡을 바라보았다.

세 사람은 화운룡이 누군지 마침내 확실하게 깨달았다. 그 짐작만으로도 세 사람은 그가 했던 말들이 결코 과장된 허풍이 아니라는 사실을 깨달았다.

손의강이 몹시 조심스러우면서도 정중하게 입을 열었다.

"은공은 비룡은월문의 문주인 비룡공자요?"

손설효와 손형창은 두 손을 모으고 입술이 바싹 타들어가는 표정으로 화운룡을 바라보았다.

화운룡은 희미한 미소를 지으며 고개를 끄떡였다.

"그렇습니다. 불초는 화운룡이라고 합니다."

"아……."

"맙소사… 비룡공자였다니……."

손설효가 너무 놀란 나머지 다리에 힘이 풀려서 쓰러지려고 하는 것을 손형창이 잡아주었다.

일 년여 전까지만 해도 비룡공자는 무림에서 가장 유명한 인물이었다.

태주현의 삼류에도 끼지 못하는 해남비룡문을 일 년여 만에 춘추구패의 반열에까지 수직 상승 시킨 인물이 바로 비룡공자였었다.

또한 비룡공자의 무위가 절정을 넘어 초극지경에 이르렀다는 사실은 그 당시 무림에 파다하게 퍼져 있었다.

비룡공자는 천외신계의 앞잡이였던 춘추구패 중에 하나인 강소성의 패자 통천방을 괴멸시켰으며, 이후 역시 춘추구패이며 강삼패인 하북의 균천보까지 초토로 만들었다.

비룡공자가 통천방주인 통천패군 위헌랑과 균천보주인 균천신창 전호척을 차례로 죽이고 하북팽가의 가주 청천도 팽일강을 따끔하게 혼내서 살려주었다는 사실은 두고두고 무림의 전설처럼 남아 있는 영웅담이었다.

그뿐인가. 비룡공자가 이끄는 비룡은월문 고수들이 천외신계 오천고수와 일만 군사를 깡그리 괴멸시키고 그들의 우두머리인 천외신계 이인자 서초후라는 자를 굴복시켜서 천여황에게 말을 전하라면 놔주었다는 얘기는 코흘리개마저도 다 알고 있는 사실이다.

그런 어마어마한 인물 비룡공자가 지금 자신들 앞에 있으니 손의강과 손설효, 손형창은 이것이 꿈인지 현실인지 구분이 되지 않았다.

그때 화운룡이 조용히 말했다.

"이 얼굴은 불초의 본모습이 아닙니다."

이어서 그는 내력변용천공을 풀고 본얼굴을 회복했다.

스스으으……

그가 얼굴 모습을 바꾸는 데는 두 가지 방법이 있으며 하나는 내력변용천공이고 다른 하나는 이형변체신공이다.

내력변용천공은 얼굴 모습만 바꿀 때 사용하고 이형변체신공은 얼굴 모습과 체격 둘 다 바꿀 때 전개한다.

손의강을 비롯한 세 사람은 화운룡의 얼굴이 잔물결처럼 가벼이 흔들리는가 싶더니 잠시 후에 전혀 다른 용모가 드러나자 소스라치게 놀랐다.

손의강은 공력이 조화지경에 이른 초절고수가 순전히 공력만으로 얼굴 모습을 변환하는 특수한 수법이 존재한다는 사실을 알고 있지만 손설효와 손형창은 그런 것이 있다는 사실조차 모르고 있었다.

그런데 자신들의 눈앞에서 사람의 얼굴이 저절로 변하는 광경을 직접 목격했으니 귀신을 봤다고 해도 이처럼 놀라지는 않을 것이다.

"어… 떻게 한 거죠?"

손설효가 경악하면서 묻자 손의강이 경탄 어린 표정으로 화운룡을 보며 설명했다.

"무공이 조화지경에 이르면 공력만으로 얼굴이나 체형을 마음대로 변환할 수가 있다고 들었다."

"조화지경이라니……."

평소 자신의 육십 년 공력이 굉장한 것이라고 자부해 온 손설효는 조화지경이 어느 정도 수준인지 제대로 감을 잡을 수가 없었다.

"공력이 얼마나 되어야지만 조화지경이라고 하나요?"

손설효의 물음에 손의강이 화운룡에게 물었다.

"은공 공력이 얼마나 되오?"

화운룡은 담담하게 말했다.

"자랑할 게 못 됩니다."

第六章

효보보

　손의강은 물러서지 않았다.

　"무림의 상식으로는 육 갑자가 넘으면 조화지경이라고 하지 않소?"

　손의강은 구십 년 수준의 공력으로 이 지역에서 수십 년 동안 무패의 전적을 지니고 있었다.

　하지만 그는 육 갑자 삼백육십 년 공력을 지닌 인물을 먼발치에서라도 본 적이 없다.

　전 무림을 통틀어서 육 갑자 공력을 지닌 초절고수는 결코 흔하지 않으며, 그런 초절고수를 볼 기회가 손의강에겐 한 번도 없었다.

그렇기 때문에 조화지경이 어느 정도 수준인지 정확하게 알지 못하고 그저 육 갑자 정도면 조화지경이 아니겠는가 하고 막연하게 짐작할 뿐이다.

화운룡은 자신의 능력을 자랑하고 싶지 않아서 그저 담담한 미소만 지었다.

손의강은 화운룡이 가만히 있는 것을 보고 어쩌면 그의 공력이 육 갑자보다 높을지도 모른다고 생각했다.

그것은 상상조차 하기 어려운 일이지만 화운룡의 엷은 미소가 그를 더욱 궁금하게 만들었다.

"말해주시오. 은공의 공력이 육 갑자가 넘소?"

때때로 무림인들의 무공에 대한 집요함은 상대를 난처하게 만들기도 하는데 지금 손의강이 그렇다.

그는 자신이 화운룡에게 큰 결례를 범하고 있다는 사실조차 자각하지 못했다.

어쩌면 눈앞에 서 있는 화운룡이 육 갑자 이상의 공력을 지닌 초절고수일지도 모르는 판국에 눈에 보이는 것이 있겠는가.

화운룡은 이대로는 손의강이 물러나지 않을 것 같아서 씁쓸하게 말했다.

"그보다는 높습니다."

손의강의 눈이 휘둥그렇게 떠졌다.

"그, 그럼 칠 갑자요?"

그렇게 말하면서도 손의강은 자신이 신의 경지를 논하고 있다는 생각이 얼핏 들어서 소름이 쫙 끼쳤다.

화운룡은 씁쓸한 표정을 지었다.

"그보다 조금 높습니다."

"그렇다면 도대체……."

칠 갑자면 사백이십 년이라는 실로 어마어마한 공력이고, 그런 고수가 존재하는지조차 의문이다.

"그… 렇다면 팔 갑자요?"

"칠 갑자니 팔 갑자니 하는 것이 무슨 의미가 있습니까?"

손의강은 화운룡이 손사래 치는 것을 그가 팔 갑자 공력이라는 뜻으로 받아들였다.

"맙소사… 저, 정말 팔 갑자요?"

"그 정도 됩니다."

"아아……."

화운룡은 심천촌을 떠날 때 사백칠십 년 공력이었으며 이후 태자천심운과 운공조식을 꾸준히 병행하여 십 년 정도 공력이 증진된 상태다. 즉, 그의 현재 공력은 사백팔십 년, 팔 갑자 수준이다.

줄곧 원했던 대로 화운룡의 신분과 그의 공력 수위를 모두 확인하게 된 손의강이지만 정작 그 사실들을 알게 되자 아무 말도 하지 못하고 얼굴 가득 경악지색을 떠올리며 눈만 껌뻑거릴 뿐이다.

손설효와 손형창의 놀라움은 부친보다 더하면 더했지 결코 못하지 않았다.

이들 세 사람은 세상천지에 팔 갑자 공력을 지니고 있는 인간이 존재한다는 사실조차도 모르고 있었는데 지금 그런 인간을 눈앞에서 보고 있다.

"아아… 어떻게 인간이 팔 갑자 공력을… 말도 안 돼……"

한참 만에 손설효가 신음 소리를 냈다.

그때 문득 손의강이 무슨 생각을 했는지 화운룡 앞에 서서 자세를 바로 하더니 더없이 공손하게 말했다.

"부탁이오, 아니, 소원이오. 부디 은공의 한 수를 보여주어 우리의 미천한 안계를 넓혀주시오."

팔 갑자 공력의 무공을 한번 보여달라는 얘기다.

화운룡으로서는 씁쓸한 요구지만 여기까지 와서 거절한다는 것이 외려 이상해졌다.

그때 갑자기 손의강과 손설효, 손형창은 발밑이 허전함을 느끼고 급히 아래를 내려다보았다.

"앗!"

"아……"

어느새 세 사람이 바닥에서 반 장 정도 허공에 둥실둥실 떠 있는 것이 아닌가.

그렇지만 화운룡은 아무런 행동도 취하지 않은 채 태연하게 뒷짐을 지고 있다.

그렇다고 해도 실내에는 이들 네 사람 뿐이거늘 화운룡이 아니면 세 사람을 허공에 띄울 사람이 없다.

손의강 등은 보이지 않는 무형의 밧줄에 몸이 꽁꽁 묶인 것처럼 꼼짝달싹도 하지 못하고 허공에 둥둥 떠 있었다. 거기에서 벗어나려고 공력을 끌어올려 저항했지만 속수무책이다.

그때 세 사람이 실내 한쪽 방향으로 쏜살같이 날아갔다.

쉬이익!

"아앗!"

"으헛!"

세 사람이 맞은편 벽을 향해 쏜살같이 쏘아 가는데 만약 이대로 돌진한다면 온몸이 으깨어지고 말 것이 분명하다.

그런데 세 사람은 벽을 한 자 정도 남겨둔 지점에 몸이 뚝 멈추었다.

"으으으……"

혼비백산한 세 사람의 입에서 저절로 덜덜 떨리는 신음 소리가 흘러나왔다.

화운룡은 여전히 뒷짐을 지고 있는데 세 사람은 원래의 자리로 되돌아와서 살며시 바닥에 내려졌다.

세 사람은 얼마나 놀랐는지 심장이 미친 듯이 뛰고 비지땀을 흘린 탓에 옷이 축축해졌다.

화운룡 엷은 미소를 지었다.

"부족합니까?"

세 사람은 화들짝 놀라더니 결사적으로 손사래를 쳤다.

"아, 아니에요! 충분해요!"

"이, 이제 그만하시오!"

세 사람은 팔 갑자 공력의 위력을 맛보기만 경험하고서도 저승 문턱을 경험한 것처럼 진저리를 쳤다.

저녁 식사는 술자리로 이어졌다.

술자리에 있겠다면서 고집을 부리는 손의강은 화운룡이 혼혈을 눌러서 강제로 재웠다.

심천촌에서 바깥세상으로 나온 이후 화운룡은 술이 많이 늘었으나 지금 같은 이런 자리는 불편했다.

화운룡의 신분과 그가 팔 갑자 초극고수라는 사실을 알게 된 손설효와 손형창이 그를 마치 옥황상제인 것처럼 대하는 터라서 술맛이 썼다.

이렇게 될 것 같아서 신분을 밝히지 않으려고 했던 것인데 그게 마음대로 되지 않았다.

화운룡의 술잔이 비자 손설효가 재빨리 술병을 잡고 두 손으로 공손히 따랐다.

그녀와 손형창이 꼿꼿한 자세로 앉아서 숨소리도 내지 않는 것이 분위기를 더 딱딱하게 만들었다.

화운룡이 술잔을 집어 들면서 무심코 쳐다보다가 시선이 마주치자 손설효는 온몸이 오그라드는 것처럼 파르르 떨면서 이상한 소리를 냈다.

"히익!"

화운룡은 문득 생각나는 것이 있어서 물었다.

"안풍현 주루에서 천외신계 녹보들은 왜 죽였던 것이냐?"

"그… 그것은……."

방금 전에 화운룡과 시선이 마주쳤던 손설효는 뇌가 꽁꽁 얼어버린 것처럼 아무 생각도 나지 않았다.

손형창이 대신 공손히 대답했다.

"저희는 작은 돈벌이가 있어서 안풍현 근처에 다녀오는 길이었습니다. 그때 주루에서 천외신계 녹보들을 죽인 것은 무슨 뚜렷한 목적이 있어서 그런 것이 아니라 화풀이 같은 것이었습니다. 우리는 문파에서 멀리 떠나 있을 때에는 종종 천외신계 녹보들을 죽였습니다."

천외신계가 중원무림을 비롯한 대명제국과 천하를 장악한 것에 대한 작은 복수심이었을 것이다.

그런 복수심의 발로는, 할 수만 있다면 적을 한 명이라도 더 죽이겠다는 맹목적이고도 치열한 정의감 때문이었다.

손형창의 얼굴이 부끄러움으로 물들었다.

"그런데 어설프게 달려들었다가 하마터면 큰일 날 뻔했습니다. 대협의 도움이 아니었으면 저희들은 모두 주루에서 죽음을 당했을 것입니다."

손설효가 불쑥 끼어들었다.

"그렇지만 결과적으로 잘됐잖아요? 그 일 덕분에 대협과 인연을 맺었으니까요."

손형창이 고개를 끄떡였다.

"그 일이야말로 우리 남매의 일생에서 가장 축복받을 만한 일이었습니다."

화운룡은 될 수 있으면 이들 남매를 비롯한 운영검문과 엮이지 않으려고 애썼다.

그러나 세상사 사람의 일이라는 것이 그가 마음먹은 대로 되지 않았다.

그는 안풍현 주루에서 손설효 남매를 도와준 이후 그들과의 인연은 그것으로 끝이라고 여겼다.

비록 손설효가 미래에 그의 수하가 되는 인연을 지니고 있지만 그것은 미래의 일이었고, 지금은 과거이므로 각기 다르다고 여겼다.

그런데 작은누나 화예상이 항주에서 곤란을 겪고 있다는 사실을 알게 되었고, 운영검문의 고수들을 이용하면 그 일을 쉽사리 해결할 수 있을 것이라는 계산을 해서 이곳에 찾아왔던 것이다.

그런데 단지 거래라고만 생각했던 그것이 새로운 인연을 만들게 될 것이라고는 예상하지 못했다.

화운룡은 술을 한 잔 비우고 나서 조용히 중얼거렸다.

"어쩌면 인연이라는 것은 미래와 현재, 과거를 관통하는 것인지도 모르겠군."

물론 손설효와 손형창은 그의 말뜻을 알아듣지 못했다.

"대협, 여쭈어보고 싶은 것이 있어요."

조금씩 정신을 차리고 현실을 인정해 가는 손설효가 화운룡을 바라보며 조심스레 말했다.

이 두 사람이 화운룡을 부르는 호칭은 은공에서 어느덧 대협으로 바뀌었다.

"말해라."

"어째서 대협께선 처음부터 저에게 하대를 하셨던 거죠?"

말하고 나서 그녀는 제 스스로 화들짝 놀라서 마구 손사래를 쳤다.

"아, 아니, 그렇다고 대협의 하대가 싫다는 뜻이 아니에요! 저는 괜찮아요! 정말이에요!"

"하대를 할 만하니까 한 것이다."

"그리고 저를 효보보라고 부르신 것도 이상해요. 그 별명은 가족들만 알고 있는 것인데……."

"네가 알려주었다."

"제가 언제……."

화운룡은 어차피 손설효와 인연을 맺을 거면 빙빙 에둘러서 얘기할 필요가 없다고 생각했다.

"미래에 너와 형창은 내 수하였다."

"……."

손설효와 손형창은 어리둥절한 표정을 지었다. 두 사람은 화운룡이 농담을 하는 것이라고 생각했다. 그러지 않고는 그런 허황된 말을 할 리가 없다.

화운룡은 스스로 술을 따랐다. 그는 안주도 없이 술만 내리 마셔댔다.

손설효는 깜짝 놀라서 술을 따르려고 했으나 이미 화운룡이 술을 따라서 입으로 가져가고 있었다.

화운룡은 술을 마시고 나서 담담한 표정으로 두 사람을 차례로 보며 말했다.

"나는 미래에서 왔다."

손형창은 뭔가 느끼는 것이 있는 듯 움찔했고 손설효는 어이없다는 표정을 지었다.

"대협의 농담이 재미있기는 하지만 조금 무서워요."

화운룡은 개의치 않고 말했다.

"그래서 나는 너희 둘의 미래를 잘 알고 있다."

손설효가 무슨 말을 하려는데 손형창이 손을 뻗어 제지하고 진중한 표정으로 공손히 물었다.

"저희는 미래에 어찌 됩니까?"

화운룡이 미래에서 왔다는 말을 어느 정도 믿어야지만 할 수 있는 질문이다.

"원래 네 아버지는 며칠 후에 죽을 운명이었다."

그것을 화운룡이 살려주었다. 즉, 손의강의 운명을 그가 바꾼 것이다.

"네 아버지가 죽은 후에 너희 둘은 잔혈마에게 복수를 하려고 가문의 절학인 절운섬영검법을 십 년 동안 연마하여 대성하게 되었다."

"아아……."

화운룡이 가문의 극비사항인 절운섬영검법에 대해서 거침없이 말하자 손설효와 손형창은 극도로 놀랐다.

절운섬영검법에 대해서는 부친과 손설효, 손형창 세 사람만 알고 있다. 절대로 외부인인 화운룡이 알고 있을 리가 없는 것이다.

갑자기 화운룡이 낮게 한숨을 쉬더니 손설효를 불렀다.

"하아… 설명하는 것도 귀찮구나. 효보보야, 이리 오너라. 너에게 미래의 기억을 심어주마."

"……."

손설효가 무슨 말인지 이해하지 못하고 멀뚱한 얼굴로 앉아 있자 화운룡이 손짓을 했다.

"이리 오라고 말했다."

명령조라서 손설효는 발딱 일어나 이끌리듯이 그에게 다가가 두 걸음 앞에 멈춰 섰다.

그러자 화운룡이 왼손을 뻗어서 손설효의 허리를 안아 끌어당겨 품에 안았다.

"아……."

손설효는 화들짝 놀라서 작게 버둥거렸지만 화운룡에게서 벗어날 수는 없다.

손형창은 크게 놀라서 벌떡 일어섰으나 어떤 행동을 취하지는 않았다.

화운룡이 손설효에게 나쁜 짓을 할 것이라고는 추호도 생각하지 않았고 또 실제 화운룡은 손설효를 가만히 품에 안고만 있을 뿐이다.

"효보보야, 가만히 있으면서 내 마음을 받아들여라."

화운룡은 오른손의 술잔을 탁자에 내려놓고는 두 팔로 손설효를 가만히 안고 심심상인을 전개했다.

그 순간 무언가 뜨거우면서도 청량한 기운이 손설효의 가슴속으로 훅! 하고 밀려 들어왔다.

"아앗!"

미지의 공격이라도 받은 것처럼 소스라치게 놀라서 몸부림치는 그녀를 화운룡이 가만히 안아주었다.

"괜찮다."

스우우우…….

마치 바싹 마른 모래에 물이 흠뻑 적셔지듯이 손설효의 가슴속으로 그녀가 앞으로 살아가게 될 미래의 많은 기억들이 밀물처럼 쏟아져 들어갔다.

"아아아… 아아…….'

손형창은 손설효가 눈을 휘둥그렇게 뜨고 입을 크게 벌린 채 연신 탄성을 터뜨리는 모습을 보고 충격을 받았다.

'이것은 도대체 무슨 일인가…….'

손형창은 문득 조금 전에 화운룡이 했던 말을 떠올렸다. 그는 손설효에게 미래의 기억을 주겠다고 말했었다.

'설마 대협께서 효아에게 정말로 미래의 기억을 주고 계시는 것이라는 말인가…….'

화운룡은 심심상인에서 한 단계 더 발전된 심지공의 수법을 발휘하고 있는 중이다.

미래의 기억을 모조리 주입하는 한편 손설효가 장차 배우게 될 절운섬영검법의 구결과 그것들을 어떻게 전개하는지의 수법들을 두루 심어주었다.

손설효는 마치 수십 발의 화살이 온몸에 꽂힌 것처럼 자지러지면서 얼굴에는 온갖 표정이 가득 떠올랐다.

"아아……"

이윽고 화운룡이 손설효를 놓아주었다.

*　　　　*　　　　*

그러나 손설효는 꼼짝도 하지 않고 두 눈을 화등잔처럼 크게 뜬 채 몸을 부들부들 격렬하게 떨고 있을 뿐이다.

그도 그럴 것이 그녀가 지금으로부터 십삼 년 후에 화운룡을 만나서 그를 주군으로 모시고 장장 오십여 년 동안 함께 지냈던 기억이 얼마나 많겠는가.

그 많은 기억들이 한꺼번에 쏟아져 들어오자 그것들을 인지하고 깨달으며 느끼는 시간이 필요한 것이다. 타인의 기억이 그녀의 기억이 되는 것이다.

손설효는 화운룡 무릎에 마주 앉아서 그의 가슴에 뺨을 댄 채 한동안 그러고 있다가 어느 순간 갑자기 왈칵 울음을 터뜨렸다.

"으흐흐흐흑!"

그녀는 비 오듯이 눈물을 흘리면서 화운룡 가슴에서 뺨을 떼고 상체를 뒤로 물리며 그의 얼굴을 바라보았다.

"아아… 어디 좀 봐요… 당신이 정말 맞는지……."

그녀의 갑작스러운 행동에 손형창은 움찔 놀랐지만 화운룡은 빙그레 미소를 지었다.

"효보보, 오랜만이구나."

"그래요… 일 년하고도 반년이 더 지났어요… 당신, 갑자기 연공실에서 사라져 버렸어요……."

화운룡은 손설효의 머리를 부드럽게 쓰다듬었다.

"그래. 이렇게 과거로 와버렸다."

"그랬었군요. 그랬어요… 이제 알겠어요……."

그녀는 두 손으로 화운룡의 얼굴을 감싸며 반가움과 기쁨의 눈물을 그치지 않았다.

"당신이 갑자기 연공실에서 사라져 버려서 무황성의 모든 사람들이 얼마나 놀라고 당황했는지 모르실 거예요……."

손형창은 두 사람이 무슨 얘기를 나누는지 하나도 알아듣거나 이해하지 못했다.

다만 화운룡이 손설효에게 미래의 기억인지 무엇인가를 전해주는 것이 성공했기 때문에 이러는 것이라고 막연하게 추측할 뿐이다.

손설효는 두 손으로 화운룡의 등을 꼭 안고 그의 품에 한

참이나 있다가 떨어져 나왔다.

그녀는 화운룡 앞에 무릎을 꿇고 이마를 바닥에 대면서 부복했다.

"속하 손설효가 주군을 뵈어요."

손설효를 굽어보는 화운룡의 입가에 잔잔한 미소가 번졌다.

그는 둘째 누나 화예상의 일이 아니었으면 손설효를 찾아오지 않았을 것인데, 이렇게 막상 그녀가 미래의 기억을 되찾은 것을 보니까 이것도 나름대로 좋은 것 같았다.

손설효는 미래에 십절무황 화운룡의 최측근인 무황십이신 중에 한 명이었다.

일 년여 전에 최측근들과 가족을 비롯한 비룡은월문 사람들을 모두 잃은 화운룡은 사실 무척 외로웠다.

장하문과 운설, 명림, 홍예 등은 미래에 화운룡의 최측근이었으며 과거인 현재로 돌아와서는 친형제보다 더 절친한 사이가 되었다.

하지만 그들은 모두 죽거나 생사를 알 길이 없다. 아마 죽었을 것이다. 그로 인해서 화운룡은 극심한 죄책감과 외로움에 시달려야 했다.

그런데 지금 미래에 최측근 무황십이신 중에 한 명이었던 손설효가 기억을 되찾아서 칭신(稱臣)을 하니 장하문이나 운설을 다시 만난 것 같은 기분이 들었다.

"일어나라."

화운룡의 말에 손설효가 조심스럽게 일어나 그를 바라보는데 얼굴에 감격스러움과 기쁨이 가득했다.

"십삼 년 후, 제가 삼십삼 세 때 주군을 처음 뵈었지요?"

"그랬었지."

손설효는 생긋 미소 지었다.

"그런데 그보다 십삼 년이나 빨리 주군을 뵙게 되다니 정말 기뻐요."

화운룡은 빙그레 미소를 지었다.

"내가 너에게 하대를 하고 효보보라고 부른 것이 이제는 해명이 되었느냐?"

"물론이에요."

손형창은 옆에 서서 꿔다 놓은 보릿자루처럼 멀뚱하게 두 사람의 하는 행동을 지켜보았지만 도대체 뭐가 어떻게 돌아가는지 알 수가 없다.

손설효가 손형창을 가리키며 화운룡에게 말했다.

"주군, 저의 미래 기억을 주입시켜 주신 것처럼 오라버니도 해주세요."

화운룡은 고개를 가로저었다.

"남자는 안 된다."

"아… 그런가요?"

손형창은 내심 화운룡이 자신에게도 미래의 기억을 전해줄 것이라고 기대하고 있다가 크게 실망했다.

손설효는 한 시진에 걸쳐서 손형창에게 자신과 화운룡의 관계에 대해서 자세히 설명을 해주었다.

손설효가 하는 말들을 다른 사람 같으면 절대로 믿지 못하겠지만 손형창은 옆에서 상황을 다 지켜봤기 때문에 믿을 수밖에 없었다.

손설효의 말에 의하면 손형창은 무황십이신 중에 한 명이며 십절무황을 경호하는 호위대장이었다고 한다.

손설효가 생글생글 웃으며 말했다.

"오라버니 부인이 누군지 알아요?"

손형창은 눈을 크게 떴다.

"내가 혼인을 했나?"

"주군의 수하가 된 이후 삼십팔 세 때 혼인을 했는데 신부가 영로(瑛露)예요."

"그게 누구지?"

"강소맹가(江蘇孟家)의 딸 영로를 모른다는 말이에요?"

강소맹가는 무림팔대세가 중에 한 가문이며 운영검문하고는 오랜 친구 사이다.

손형창은 눈을 커다랗게 떴다.

"그 영로라면 이제 겨우 다섯 살이 아니더냐?"

"누가 아니래요? 그런 어린애가 내 올케가 될 줄 누가 알았겠어요?"

손형창은 세차게 고개를 저었다.

"말도 안 되는 소리다!"

"믿지 못하겠으면 주군께 여쭤보세요. 오라버니가 영로 아니면 차라리 죽겠다면서 고집을 부리는 바람에 주군께서 직접 강소맹가의 가주를 설득해서 영로를 오라버니의 부인으로 맞이했으니까요."

손형창은 자신이 이제 겨우 다섯 살짜리 어린 여자아이하고 장차 혼인을 할 것이라는 말도 안 되는 얘기가 점점 현실이 되어가는 듯한 느낌을 받으면서 설마 하는 얼굴로 화운룡에게 물었다.

"정… 말입니까?"

화운룡은 빙그레 미소를 지었다.

"영로를 너에게 시집보내는 대가로 내가 맹현조(孟玄照)에게 전대의 비전절학 한 가지를 준 사실은 아마 효보보도 모를 것이다."

"아아……."

엉거주춤 일어섰던 손형창은 털썩 주저앉았다.

손형창은 올해 이십오 세인데 이제 겨우 다섯 살짜리 영로하고 십삼 년 후에 혼인을 하다니 쇠망치로 뒷머리를 한 대 얻어맞은 기분이다.

더구나 자신이 영로 아니면 차라리 죽겠다면서 발악을 했다는 것이다.

손설효가 손형창을 보며 의미심장한 미소를 지었다.

"그러니까 장래 처갓집인 강소맹가에 자주 들르고 영로를 잘 돌봐주세요."

손형창은 얼굴을 붉히면서 무거운 신음 소리를 냈다.

"끙… 미래에 내가 미치기라도 한다는 말인가?"

밤이 이슥하도록 화운룡과 손설효는 미래의 이야기를 하느라 시간 가는 줄 몰랐다.

손형창은 아는 것이 없어서 옆에서 잠자코 듣기만 했으나 들을수록 신기한 애기들뿐이었다.

손설효는 궁금한 듯 물었다.

"혹시 주군께선 과거로 오셔서 설부홍연(雪婦紅戀)을 만나셨나요?"

설부홍연은 운설과 홍예를 가리킨다. 미래에 운설은 평생 홀몸으로 지낸 화운룡의 부인 노릇을 하고 홍예는 연인 노릇을 한다고 해서 측근들이 그렇게 불렀다.

화운룡은 우울한 표정을 지었다.

"만났다. 하룡과 명림도 만나 다 내 측근에 두어서 가족처럼 지냈었지."

손설효는 짚이는 것이 있어서 놀라는 표정을 지었다.

"그렇다면 그들은 천여황의 급습에……."

화운룡의 얼굴에 짙은 그늘이 드리워졌다.

"그래. 다 죽었을 거야."

"그랬겠군요."

팔 갑자 공력의 화운룡이 천여황에게 일격을 당해서 반 년 동안 혼수상태에 빠졌었는데 장하문이나 운설 등이 무사할 리가 없을 것이다.

"내 탓이다. 내가 그들을 죽인 거야."

화운룡은 그들이 죽은 것이 자기 탓이라고 생각했다. 과거에 와서 그들을 만나지 않았더라면 죽지 않았을 것이다. 그는 그 말만 하고는 내리 술만 마셨다.

손설효는 화운룡이 얼마나 괴로울지 짐작하지만 뭐라고 위로해야 할지 할 말을 찾지 못했다.

손설효는 화운룡이 운설, 홍예, 명림과 얼마나 가까운 사이였는지 잘 알고 있다.

손설효도 화운룡의 측근이었지만 운설이나 홍예 등에 비할 바는 아니었다.

미래에 손설효는 화운룡을 짝사랑했고 운설 등을 몹시 부러워했었지만 운설과 홍예, 명림 등이 죽었다고 해서 기쁜 마음 같은 것은 추호도 들지 않았다.

그저 화운룡이 한없이 가련할 뿐이다.

다음 날, 이른 아침에 화운룡은 손설효와 둘이서 운영검문을 출발했다.

화운룡은 혼자 떠나려고 했으나 손설효가 절대 그럴 수 없다면서 따라나섰다.

손형창은 외출 나간 문하고수들이 돌아오는 대로 그들 삼백오십 명을 다섯 명 단위로 차례차례 출발시킨 후에 마지막에 뒤따라오기로 했다.

운영검문 문하 고수 삼백오십 명이 한꺼번에 이동을 하면 주위의 이목이 집중될 것이고 천외신계 소주분계에서도 쌍심지를 돋우고 감시나 미행을 할 테니까, 번거롭더라도 다섯 명씩 조를 짜서 띄엄띄엄 출발시키는 것이 최선이다.

소주현에서 항주까지는 이백여 리이며 그다지 먼 길이 아니지만 워낙 강이 많기 때문에 경항대운하를 운항하는 객륜(客輪: 정기 여객선)을 이용하는 것이 편하고 빠르다.

매우 큰 객륜의 삼 층 특실을 얻은 화운룡과 손설효는 선실에서 꼼짝도 하지 않았다.

객륜은 항주까지 이백여 리를 닷새 동안 느릿느릿 가기 때문에 선실을 얻은 것이다.

특실에는 침상 두 개와 차를 마시고 식사를 할 수 있는 탁자가 있으며, 노대(露臺: 발코니)까지 있어서 굳이 밖에 나가지 않고서도 경치를 구경할 수 있다.

그렇지만 화운룡은 배를 탄 이후 줄곧 침상에 누워서 뒹굴거리고만 있다.

손설효는 화운룡이 일어나기를 기다리면서 노대에 나가 경치를 구경하기도 하고 탁자에 앉아서 차를 마시거나 실내를 이리저리 거닐기도 하는데, 배가 출발한 지 두 시진이 지나도록 화운룡은 도무지 일어날 생각을 하지 않았다.

그때 선실 밖에서 목소리가 들렸다.

"검문이오."

손설효가 문으로 걸어가는데 벌컥 문이 열리더니 녹보 두 명이 불쑥 안으로 들어섰다.

"무림인이면 무력신패 좀 봅시다."

손설효는 경장 차림에 검을 메고 있으며 누워 있는 화운룡 옆에 부러진 무황검이 검실에 든 채 놓여 있으므로 누가 봐도 무림인이다.

손설효가 품속에서 자신의 무력신패를 꺼낸 뒤 녹보에게 내밀며 침상을 쳐다보는데 화운룡은 돌아누워 등을 보인 채 꼼짝도 하지 않았다.

녹보 한 명이 화운룡을 보면서 못마땅한 듯 눈살을 찌푸리며 툭 내뱉었다.

"누구요?"

"남편이에요. 많이 아파요."

아프다는 말에 녹보는 한발 양보하는 듯했다.

"남편 무력신패도 보여주시오."

한 명의 녹보가 손설효의 무력신패를 살피는 동안 그녀는 화운룡에게 다가가서 그의 품속을 뒤져 무력신패를 꺼내 다른 한 명의 녹보에게 내밀었다.

두 사람의 무력신패를 살펴본 녹보 중 한 명이 손설효에게 물었다.

"운영검문 사람이 무슨 일로 어디에 가는 것이오?"

무력신패에는 어느 방파나 문파에 소속된 누구인지 자세하게 기록되어 있다.

"항주에 약재를 구하러 가요."

"운영검문은 형편이 좋지 않은 것으로 아는데 귀빈실을 이용하는 것이오?"

특실을 귀빈실이라고 하는데, 소주현에서 항주까지 귀빈실 이용료가 은자 닷 냥이다.

소주현의 명문정파인 운영검문이 궁핍하다는 사실은 너무

유명해서 모르는 사람이 없을 정도다.

그때 화운룡이 부스스 일어나며 중얼거렸다.

"선실료는 내가 냈소."

그는 조금 전까지 본모습이었지만 녹보들이 검문을 하러 들어오는 사이에 손설효가 안풍현에서 처음 화운룡을 만났을 때의 얼굴 모습으로 바꾸었다.

두 명의 녹보는 침상에 앉아 있는 화운룡을 쳐다보았다.

화운룡은 제법 준수하며 용맹한 용모를 지녔기에 두 명의 녹보는 흥미를 느끼는 듯했다.

"귀하가 황정이오?"

화운룡의 무력신패는 안풍현 주루에서 죽은 운영검문 문하 고수 황정의 것인데 손설효가 그에게 주었다.

"귀빈실 선실료가 은자 닷 냥으로 알고 있는데 귀하는 그만한 돈을 낼 정도로 부자요?"

운영검문의 문하고수들이 지난 일 년여 동안 녹봉을 한 푼도 받지 못했다는 사실 역시 잘 알려져 있다.

화운룡은 앉은 채 고개를 끄떡였다.

"얼마 전에 아버지로부터 유산을 물려받았소."

"유산을 얼마나 받았소?"

두 명의 녹보는 네까짓 놈이 유산을 받았으면 얼마나 받았겠느냐는 표정이다.

화운룡은 태연하게 대답했다.

"주루하고 기루 스물두 개요."

"……."

화운룡은 조금 거드름을 피웠다.

"모두 항주에 있소."

유산이 너무 엄청나서 두 명의 녹보는 눈만 껌뻑거릴 뿐 아무 말도 하지 못했다.

손설효는 아주 고소하다는 표정으로 지켜보는데 화운룡이 손을 뻗어 그녀의 허리를 안더니 자연스럽게 자신의 무릎에 앉혔다.

손설효는 움찔 놀랐으나 곧 화운룡에게 찰싹 안기면서 팔로 그의 목을 감았다.

"나는 운영검문 소문주인 손설효와 혼인을 한 몸이니까 당연히 내 소유의 주루와 기루 스물두 곳은 운영검문의 소유가 될 것이오."

"그… 렇소?"

녹보 한 명이 어눌하게 대거리를 했다.

"앞으로 운영검문은 형편이 많이 좋아질 테니까 천신계 소주분계하고도 잘 지낼 수 있을 것이오."

화운룡은 품속의 비단 주머니에서 금화 두 냥을 꺼내서 두 명의 녹보에게 한 냥씩 툭! 던져주었다.

"약소하지만 성의요."

금화 한 냥이면 은자 삼십 냥이고, 녹보 한 달 녹봉 은자 석 냥의 열 배, 즉, 열 달치 액수다.

천신계의 규칙은 절대로 뇌물을 받으면 안 된다는 것이지만 돈 앞에서, 더구나 누런 금화 앞에서는 어느 누구라도 약해지는 법이다.

화운룡은 이런 일에 익숙하다는 듯 고개를 끄떡이며 말했다.

"이건 우리만 아는 일이오. 앞으로 잘 지내봅시다."

두 명의 녹보는 손바닥의 금화와 동료의 얼굴을 번갈아 쳐다보더니 곧 정중하게 포권을 했다.

"즐거운 여행 되시오."

녹보들이 나가고 나서 손설효는 두 팔로 화운룡의 목을 안은 채 까륵거리면서 한바탕 몸부림을 쳤다.

"아유… 정말 통쾌해요……!"

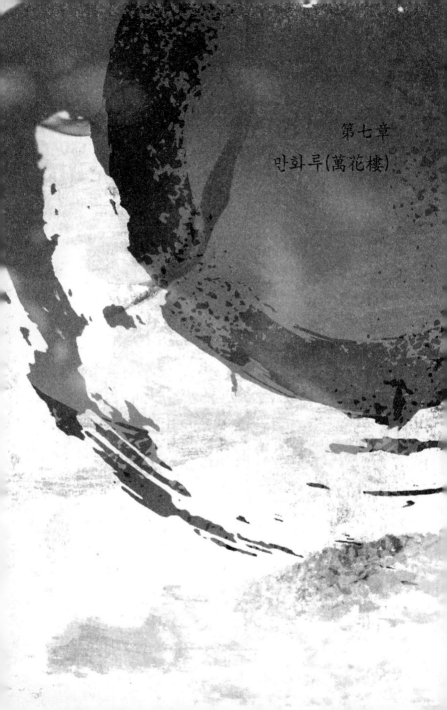

第七章
만화루(萬花樓)

　화운룡이 손설효를 안아서 침상에 내려놓으려고 하자 그녀
는 더욱 힘껏 그의 목에 매달리면서 떨어지지 않으려고 하며
앙탈을 부렸다.

　"조금 더 이러고 있으면 안 되나요?"

　미래에 손설효는 화운룡의 측근이었으나 그의 주위에서만
맴돌았을 뿐 이런 적이 한 번도 없었다.

　설부홍연 운설과 홍예, 그리고 명림 등의 벽이 너무 높았기
때문이다.

　그러나 화운룡은 그녀를 떼어내서 침상에 앉혔다.

"운영검문은 앞으로 돈 때문에 곤란하지는 않을 게다."

성격 좋은 손설효는 그가 자신을 떼어냈다고 해서 기죽지 않고 방긋 미소 지었다.

"주군께 선불로 받은 돈에서 십일만 냥이나 남았어요. 그거면 일 년 동안 충분히 버틸 수 있을 거예요."

그녀는 배시시 웃으며 엄지와 검지를 구부려서 동그라미를 만들어 보였다.

"일 년 후부터는 녹봉을 제대로 주시겠죠?"

"녹봉은 주지 않는다."

"네에?"

손설효는 깜짝 놀라서 발딱 일어섰다.

"주루와 기루의 호위를 저희가 원할 때까지 해도 좋다고 말씀하셨잖아요……!"

"그랬었지."

"그런데 어째서 녹봉을 주지 않으신다는 건가요?"

화운룡이 침상에서 일어나 실내를 가로질러 노대로 걸어갔다.

"너와 네 수하들에게 녹봉을 줘야 한다는 사실이 썩 내키지 않는다."

"어… 째서 그렇죠?"

화운룡은 노대에서 강을 굽어보고 손설효가 따라와서 그

의 옆에 섰다.

"나는 원래 너희 운영검문과 호위에 대한 거래를 하고 나서 즉시 떠나려고 했었다."

손설효 얼굴에 서운함이 떠올랐지만 잠자코 들었다.

"그런데 어쩌다 보니까 운영검문에 하룻밤 머물게 됐고 네 부친을 살리게 됐지."

"어디에서 저를 알아보신 건가요? 안풍현 주루에서 첫눈에 저를 알아보셨죠?"

"그래."

손설효는 입술을 삐죽거렸다.

"그러시고도 거래만 하고 떠나려고 하시다니 너무하셨어요."

화운룡은 파란 하늘을 바라보았다.

"인연을 다시 맺는 것이 두려웠다."

"……"

"그렇다고 해서 봉문하기 직전인 운영검문을 보고 그냥 지나치기가 어려웠다."

손설효는 눈을 크게 뜨며 놀랐으나 화운룡의 측근이었던 장하문과 운설 등이 죽었다는 사실을 기억해 내고 그가 왜 그런 심정이었는지 충분히 공감했다.

"그런데 결국 너에게 미래를 알려주었고 인연을 다시 잇게 돼버렸다.

"그 점은 정말 고맙게 생각해요."

손설효는 진심 어린 표정으로 말했다.

"오십여 년 동안 측근에서 가까이 모셨던 주군을 눈앞에 두고서도 알아보지 못하는 불충을 저지르다니… 나중에 죽어서 그 사실을 알게 된다면 너무나 억울해서 무덤을 뚫고 튀어나왔을 거예요."

화운룡은 팔을 뻗어 손설효의 어깨를 감쌌다.

"그렇게 해서 너와 인연을 맺게 되었는데 내가 어찌 너희들에게 녹봉을 주겠느냐?"

"그럼……"

"항주의 주루와 기루 스물두 곳을 너에게 주마."

"……"

손설효는 화운룡을 보면서 소스라치게 놀라 두 눈을 휘둥그렇게 떴다.

"그… 건 안 돼요……!"

"왜 안 되느냐?"

"세상에… 주루와 기루 스물두 곳… 그것도 항주에 있는 것이라면 어마어마하게 비쌀 텐데 어떻게 그것을……"

"얼추 은자로 육천만 냥쯤 나갈 테지."

"유… 육천만 냥……"

손설효는 혼비백산하더니 세차게 고개를 가로저었다.

"안 돼요! 절대로 받을 수 없어요. 다시는 그런 말씀 하지 마세요."

그녀는 단호한 표정을 지었다.

"주군께선 혈혈단신 홀몸이 되셨으며 그 주루와 기루들이 얼마나 든든한 버팀목이었겠어요?"

"그까짓 것이 효보보 너에 비하겠느냐?"

"주군……."

화운룡의 따스한 말에 손설효의 커다랗고 까만 두 눈에 눈물이 가득 차올랐다.

"그리고 그 주루와 기루들은 내가 갖고 있는 재산의 만분지 일도 되지 않는다."

손설효는 어이없는 표정을 지었다.

"은자 육천만 냥이 재산의 만분지 일도 되지 않는다니, 세상에 그런 허무맹랑한 말을 누가 믿겠어요?"

화운룡은 다시 시선을 파란 하늘에 주었다.

"효보보야, 너는 당금 천하에서 누가 제일 부자라고 생각하느냐?"

손설효는 화운룡이 왜 갑자기 이런 말을 하는지 몰랐다. 그녀는 골똘하게 생각하다가 대답했다.

"천하제일부호는 예전 대륙상단 주인이 아니겠어요?"

화운룡은 고개를 끄떡였다.

"맞다. 내가 대륙상단 주인이다."

"……"

손설효는 멍한 표정을 지었다. 그녀는 화운룡의 말을 이해하지 못했고 그가 농담을 하는 것이라고 생각했다.

"효보보야, 너 반옥을 아느냐?"

"아… 알아요."

반옥은 미래에 화운룡의 최측근 중에 한 명이었으며 손설효하고도 친했다.

"반옥이 대륙상단 총단주였다는 것도 아느냐?"

"아……"

"해룡상단이 대륙상단을 흡수했단다."

태주현의 비룡은월문이 해룡상단을 운영하고 있었다는 사실은 강소성이나 절강성에 사는 사람들이라면 다 알고 있다.

손설효는 이 엄청난 말을 이해하기 위해서 혼신의 노력을 다했으며 꽤 오랜 시간이 필요했다.

한참 만에야 손설효는 꽉 잠긴 목소리로 입을 열었다.

"그럼 주군께서 천하제일의 부자시군요?"

"그런 셈이지."

화운룡은 손설효의 머리를 쓰다듬었다.

"그러니까 네가 항주의 주루와 기루 스물두 곳을 받아도 되는 것이다."

"아……"

너무도 어마어마한 일이라서 손설효는 이게 현실이라고 믿어지지가 않았다.

화운룡은 온화한 얼굴로 설명했다.

"앞으로 운영검문은 항주의 주루와 기루에서 나오는 수입으로 돈 걱정을 하지 않아도 될 것이다."

손설효는 아무 말도 하지 못하고 눈물을 펑펑 쏟으면서 몸을 바들바들 떨기만 했다.

화운룡은 항주의 주루와 기루 스물두 곳을 손설효에게 주어 앞으로 운영검문이 돈 때문에 핍박을 받는 일이 없었으면 좋겠다고 생각했다.

그러고는 손설효와의 인연은 이것으로 끝이다. 여기까지만 해주고 그녀와 운영검문을 이대로 내버려 두는 것이 진정으로 그들을 위하는 길이다.

"주군……"

손설효는 너무 고맙고 감격해서 말을 잇지 못하고 비 오듯이 눈물만 흘렸다.

화운룡은 노대의 의자에 앉았다.

"효보보야, 한잔해야겠다."

"네… 다녀올게요……"

손설효는 얼른 눈물을 닦고 서둘러 선실 밖으로 나갔다.

그녀는 객륜의 주방까지 가는 동안 쏟아지는 눈물을 참으려고 무진 애를 썼다.

지금 생각해 보니까 화운룡은 그녀와 운영검문을 절망에서 구해주려고 나타난 것만 같았다.

처음 안풍현의 주루에서 녹보들과 싸울 때 위험에 처해 있는 그녀와 손형창을 비롯한 운영검문 고수들을 구해준 것이 시작이었다.

이후 죽을 날을 받아놓은 부친을 살려준 것과 찢어지게 궁핍해서 이제는 문파를 봉문하는 길밖에 남지 않은 운영검문을 하루아침에 돈방석에 앉게 해주었다.

미래에 손설효는 화운룡의 특별한 존재가 아닌 그저 무황십이신의 한 명인 측근이었을 뿐이다.

그것도 그녀가 마도의 마련을 괴멸시켜 주면 화운룡의 수하가 되겠다고 먼저 제안을 했기 때문이었다.

그즈음 화운룡은 천하무림을 일통하고 있던 중이었으며 그 과정에 마련을 굴복시키는 일도 들어 있었기에 마련은 패망의 운명을 피해 갈 수 없었다.

어쨌든 화운룡은 마련을 괴멸시켜서 완전히 새롭게 정비하여 자신의 휘하에 거두었다.

그 과정에 골수까지 마도에 물든 자들은 모조리 죽음을 당했으며 거기에 손설효의 원수인 잔혈마도 속해 있었다.

화운룡은 손설효와 손형창이 직접 잔혈마를 죽일 수 있도록 배려를 해주었다.

그렇게 해서 약속했던 대로 손설효와 손형창은 화운룡의 수하가 되었으며 오랜 세월 그의 곁에 머물며 수많은 싸움을 치르고 그와 동고동락을 하는 동안 진심으로 그를 존경하고 사랑하게 되었다.

그러나 단지 그것뿐이다. 화운룡을 존경하고 사랑하는 것은 손설효의 몫이었으며, 화운룡은 그녀를 단지 충직한 수하로만 여겼을 뿐이었다.

선실 노대에서 화운룡은 묵묵히 술만 마셨다.

손설효는 그의 눈치를 살피다가 기회를 봐서 진심을 담아 고맙다는 말을 몇 번인가 했지만 화운룡은 건성으로 고개만 끄떡였을 뿐이다.

손설효는 화운룡이 무슨 생각을 골똘히 하고 있는지 짐작할 수 있을 것 같았다.

그는 술을 마시면서 줄곧 매우 우울한 표정이며 가끔 깊은 한숨을 내쉬는데 한숨에 오장육부가 녹아서 쏟아져 나오는 것만 같았다.

손설효는 그가 죽은 가족들과 최측근들 때문에 괴로워하거나 아내를 그리워하는 것이라고 짐작했다.

손설효는 화운룡이 얼마나 괴로워하고 있을지 상상조차 하지 못했다.

만약 가족들과 운영검문 사람들이 모두 죽는 일이 벌어진다면 그녀는 미쳐 버리거나 자살하고 말 것이다.

"효보보야."

"네?"

오랜만에 화운룡이 입을 열자 손설효는 깜짝 놀랐다.

"너 무황십이신이었을 때 공력이 얼마였느냐?"

갑작스러운 물음에 손설효는 눈을 깜빡거리면서 기억을 더듬다가 대답했다.

"주군께서 과거로 가실 무렵에는 이백오십 년이었어요."

"지금은 얼마냐?"

손설효는 부끄러운 표정을 지었다.

"일 갑자예요."

화운룡이 일어나서 침상으로 걸어갔다.

"이리 와라. 생사현관을 타통해 주마."

"네?"

손설효는 일어나서 화운룡을 따라가기는 하지만 그가 한 말을 금세 이해하지 못했다.

"침상에 누워라."

"왜요?"

손설효는 의아한 표정으로 말했다가 귓전에 남아 있는, 조금 전에 화운룡이 했던 말의 여운을 기억해 냈다.

"아… 제 생사현관을 타통해 주신다고요?"

그녀는 소스라치게 놀랐다.

"그래. 지금의 일 갑자 공력으로는 어디에 가서도 위험에 처하기 십상이다."

손설효는 갑자기 찾아온 커다란 행운에 뛸 듯이 기뻤다.

"하지 않겠느냐?"

"아니에요!"

손설효는 다급하게 외치며 몸을 날려 침상에 반듯한 자세로 누웠다.

화운룡은 침상가로 의자를 끌어와서 앉고 물끄러미 손설효를 응시했다.

손설효의 현재 공력이 일 갑자니까 생사현관을 타통해 주면 두 배 가까이 증진될 것이다.

하지만 그렇게 해봐야 백 년에서 백이십 년 사이다. 그 정도로는 지금 같은 험난한 무림정세에 운영검문을 이끌어 나가기가 어렵다.

그녀의 신체를 신공체질로 변환시켜 주면 거기에서 공력이 오륙십 년 정도 더 증진된다.

그렇게 하면 그녀의 공력은 최소 백오십 년에서 최대 백팔십 년이 될 터이다.

공력이 일 갑자에서 그 정도로 급증한다면 손설효로서는 관세음보살 더 이상 바랄 것이 없다.

그런데도 화운룡은 조금 더 고민했다. 이왕 해주는 것 당당한 절정고수로 만들어주고 싶다. 그렇게 해주고 떠나야지만 마음이 놓일 것 같다.

'해보자.'

그는 아예 손설효에게 생사현관의 타통과 신공체질 변환에다가 벌모세수(伐毛洗髓)와 탈태환골(脫胎換骨)까지 한꺼번에 시켜줄 생각이다.

땀구멍과 모근, 온몸 수백 개의 뼈와 골수에서까지 체내의 모든 더러운 진액을 깡그리 배출시키는 벌모세수와, 체내의 모든 장기와 내장, 뼛속까지 완전한 새것으로 탈바꿈시키는 탈태환골을 시켜준다면 그것으로 최소한 백 년 공력을 더 추가할 수가 있다.

뿐만 아니라 그 어떤 무공이라도 완벽하게 연마할 수 있는 최상의 신체 조건으로 새롭게 탄생하는 것이다.

"효보보야, 옷을 벗어라."

"네에?"

반듯하게 누워서 화운룡이 생사현관을 타통해 주기를 기다리고 있던 손설효는 화들짝 놀랐다.

"네 몸을 신공체질로 변환시키고 아울러서 벌모세수와 탈태환골까지 해주마."

"아……."

"온몸에서 더러운 찌꺼기가 배출되고 수백 개 뼈마디와 근육들이 제멋대로 이완되기 때문에 옷을 입고 있으면 시전할 수가 없다."

손설효는 스스로의 귀를 의심했다. 생사현관의 타통과 신공체질의 변환, 게다가 벌모세수와 탈태환골이라니, 삼생, 아니, 열 번 죽었다가 깨어나도 이런 홍복은 두 번 다시 그녀를 찾아오지 않을 것이다.

그런데 화운룡 앞에서 옷을 벗어야 한다는 사실이 조금 부끄러웠다.

그녀는 미래에서 오십여 년 동안 화운룡을 모셨지만 그의 앞에서 옷을 벗은 적은 한 번도 없었다.

아니, 있었다.

어느 싸움에선가 손설효가 극심한 중상을 입었을 때 화운룡이 그녀의 옷을 모두 벗기고 치료한 적이 있었다.

하지만 그때는 손설효가 사경을 헤매면서 혼절해 있었기 때문에 알몸이 됐는지 어쨌는지 몰랐었다.

나중에 주위 사람의 말을 듣고서야 자신이 어떤 상황이었는지 알았었다.

손설효가 미적거리자 화운룡이 일어나며 중얼거렸다.

"하기 싫으면 하지 않아도 된다."

손설효는 발딱 일어나는 것과 동시에 미친 듯이 옷을 활활 벗으면서 부르짖었다.

"지금 옷 벗고 있잖아요! 속곳까지 다 벗을까요? 빨리 대답해 주세요! 네?"

              *   *   *

손설효가 가장 먼저 느낀 것은 자신의 몸뚱이가 없는 것처럼 가볍다는 사실이다.

그것은 마치 몸뚱이는 어디로 사라지고 정신만 덜렁 남아 있는 것 같은 기묘한 느낌이다.

그녀는 눈을 뜨고 깜빡거리다가 침상가에 앉아서 자신을 굽어보고 있는 화운룡을 발견했다.

아무 생각 없이 그를 바라보던 그녀는 어느 순간 자신이 실오라기 한 올 걸치지 않은 알몸이라는 사실을 깨닫고 깜짝 놀라서 상체를 일으켰다.

"아……."

그런데 별안간 그녀의 몸이 허공으로 쏜살같이 붕 떠올라서 천장을 향해 부딪쳐 갔다.

"앗!"

그녀는 생사현관 타통에 신공체질 변환, 벌모세수, 탈태환골까지 한 덕분에 공력이 크게 급증한 상태이기 때문에 슬쩍 상체를 일으키는 동작만으로 솟구쳐 올랐다.

이대로 내버려 둔다면 필시 천장을 뚫고 허공으로 높이 솟구칠 것이 분명하다.

그렇게 되면 벌거벗은 그녀는 객륜에 타고 있는 많은 사람들에게 좋은 눈요깃감이 될 터이다.

하지만 화운룡이 있는 한 그런 염려는 없다. 그는 앉은 채 위로 슬쩍 손을 뻗었다.

손설효는 얼굴 정면이 천장과 겨우 한 뼘 남겨놓은 상태로 뚝 정지했다.

이후 스르르 하강하더니 침상에 가부좌의 자세로 사뿐하게 앉혀졌다.

"아아… 도대체 무슨 일이죠?"

그녀가 정신이 하나도 없는 얼굴로 묻자 화운룡이 자상하게 설명해 주었다.

"공력이 크게 급증했는데 네가 갑자기 상체를 일으키니까 위로 솟구친 것이다."

하지만 손설효는 화운룡이 무슨 말을 하는지 제대로 이해하지 못하고 멀뚱한 표정을 지었다.

"연이어서 세 번 운공조식을 하고 있어라. 내가 더운물을 준비하마."

잠시 생각하던 손설효는 운공조식을 왜 하라는 것인지는 알겠는데 어째서 화운룡이 더운물을 준비한다는 것인지는 이해하지 못했다.

손설효가 멍한 표정을 짓고 있는 것을 보고 마주 앉은 화운룡이 주의를 주었다.

"효보보야, 뭐 하는 것이냐? 어서 운공을 해라."

"네? 아… 네."

화운룡이 선실 밖으로 나가고 나서 손설효는 무심코 자신의 몸을 쳐다보다가 화들짝 놀라고 말았다.

벌거벗은 몸 곳곳에 검붉은 색깔의 액체가 가득 묻어 있으며 거기에서 나는 악취가 너무 지독해서 숨을 쉴 수가 없을 정도인 것이다.

"으윽……"

그것은 마치 그녀가 방금 전에 똥통에 빠졌다가 나온 것 같은 모습인 데다 또 지독한 악취가 풍겼다.

"으으… 어째서 이렇게 된 거지?"

그녀는 자신이 어째서 이런 몰골이 된 것인지 알지 못해서 얼굴을 잔뜩 찌푸렸다.

사실 벌모세수를 하는 과정에 체내의 근육과 뼈, 내장과 장기에 있던 모든 노폐물과 찌꺼기들이 땀구멍을 통해서 밖으로 뿜어진 것이다.

그래서 생사현관 타통 등을 하기 전에 화운룡이 옷을 벗으라고 했던 것인데 그런 사실을 깜빡 잊어버린 그녀로서는 그저 황당할 뿐이었다.

세 차례 연이어서 운공조식을 하고 깨어난 손설효는 혼비백산하고 말았다.

자신의 공력이 무려 이백 년 이상으로 급증한 사실을 깨닫고는 혼백이 달아나 버렸다.

'아아… 맙소사… 내가 지금 꿈을 꾸는 거야?'

꿈이 아니라면 현실도 아닐 것이다. 현실에서 그녀의 공력이 자그마치 이백 년 이상이 될 턱이 없다.

"어떠냐?"

화운룡의 잔잔한 목소리에 그녀는 정신이 들어 그를 바라보며 중얼거렸다.

"제 공력이 이백 년 이상으로 급증했어요. 뭔가 잘못된 것이 분명하지요?"

화운룡은 부드럽게 미소 지었다.

"정상이다."

"네에?"

손설효의 표정은 가관이 아니다.

"어… 떻게 그럴 수가 있죠? 당신, 저한테 대체 무슨 짓을 한 거예요?"

제정신이 아니라서 주군을 당신이라 부르고 은혜를 받은 주제에 따지고 들었다.

"공력을 다시 회수하랴?"

손설효는 멍한 얼굴이다가 갑자기 두 손을 마구 휘젓고 몸을 흔들어댔다.

"아… 아니에요! 절대 그러시면 안 돼요!"

후우웃! 후웅!

순간 그녀의 양손에서 거대한 경력이 사방으로 마구 쏟아져 나갔다.

연이어서 운공조식을 세 차례나 한 직후라 온몸에 이백삼십 년 공력이 팽팽하게 차 있는 상태에서 두 손을 휘저으니까 의도하지 않은 공력이 뿜어져 나간 것이다.

그대로 놔두면 귀빈실 사방이 무너지고 박살이 날 것이다.

순간 화운룡이 재빨리 왼손을 휘저어 사방으로 뿜어지는 경력들을 차단했다.

퍼퍼퍽! 쫘드등!

실내 허공에서 폭죽이 터지는 듯한 소리가 나면서 공기가

격하게 진탕을 쳤다.

화운룡은 자신이 무슨 짓을 했는지 몰라서 놀라 넋이 달아난 표정의 손설효에게 설명했다.

"효보보야, 이제부터는 함부로 행동해서는 안 된다. 너의 공력이 이백삼십 년이라는 사실을 항상 염두에 두고 행동에 조심해야 한다."

"이… 백삼십 년이라니……."

"그리고 어제 내가 너에게 미래의 기억을 심어주는 과정에 절운섬영검의 구결과 해법, 연마 방법 등을 같이 심어주었음을 알고 있느냐?"

손설효는 눈을 커다랗게 뜨며 놀랐다.

"그게… 그거였어요?"

"그래."

그 당시에 그녀는 미래의 수많은 기억 속에서 뭔가 알 수 없는 기운과 함께 난해한 검법 구결 같은 것을 발견했지만 화운룡을 다시 만났다는 거센 충격과 기쁨이 너무 컸기 때문에 그것을 간과했었다.

"절운섬영검법의 암기, 이해, 연마의 모든 과정을 축약해서 심어주었으니까 한 달 정도만 몸에 익도록 맹연습을 한다면 대성할 수 있을 게다."

"아아……."

손설효는 너무도 감동하여 몸을 세차게 떨더니 또다시 눈물을 주르르 흘렸다.

"주군께서는 정말……."

체내에서 배출한 찌꺼기 때문에 그녀의 얼굴도 전체가 시커먼데 눈물을 흘리자 두 줄기 선이 죽 그어졌다.

그걸 보고 화운룡이 실내 구석에 갖다 놓은 큼직한 욕통을 가리켰다.

"어서 씻어라."

손설효는 듣지 못한 듯 몸을 일으켜 상체를 화운룡에게 기울이고 두 팔을 뻗으면서 안기려고 했다.

"주군! 으흐흑……."

화운룡이 급히 피했다.

"더럽다고 했잖느냐."

쿵!

손설효는 얼굴을 침상 아래 바닥에 처박으며 궁둥이를 높이 쳐들었다.

그녀는 노대로 걸어가는 화운룡의 뒷모습을 보며 샐쭉한 표정을 지었다.

"좀 안아주면 어때서… 정말 너무하셔……."

화운룡과 손설효는 우여곡절 끝에 항주에 도착했다.

화운룡은 처음부터 잘못 생각하고 있었다. 손설효의 공력을 증진시켜 주는 것을 배를 타고 여행 중에 한 것은 정말 시행착오였다.

그녀의 공력을 이백삼십 년으로 급증시켜 준 것까지는 좋았는데 문제는 그때부터였다.

손설효가 운공조식을 연이어 세 차례 실행해서 이백삼십 년 공력을 제대로 단전에 갈무리를 해야 하는데 그러지 못하고 그저 운공조식만 냅다 해버렸다.

그런 탓에 이백삼십 년 공력 체내 여기저기에 도사리고 있다가 그녀가 자칫 어딘가로 손짓을 하기만 하면 거센 경력이 뿜어지고, 발을 슬쩍 잘못 구르거나 뻗기만 해도 쏜살같이 어디론가 날아가는 바람에 화운룡이 그걸 막느라 그녀 곁에 그림자처럼 붙어 있어야만 했다.

그나마 다행인 것은 뱃길 닷새 마지막 날쯤에는 그녀의 공력 갈무리가 어느 정도 자리를 잡은 덕분에 화운룡의 고생이 많이 덜어졌다.

화운룡과 손설효가 배에서 내릴 때 금화 한 냥씩 받았던 두 명의 녹보가 내리는 사람들을 검문하고 있다가 화운룡과 손설효를 발견하고는 친근한 미소를 지어 보였다.

"항주에서 곤란한 일이 생기면 항주지계의 제칠분계주를 찾으면 도움이 될 것이오."

모르긴 해도 이들은 이미 화운룡과 손설효에 대해서 윗선에 보고를 했을 것이다.

운영검문의 문하 고수 중에 황정이라는 자가 소문주 손설효와 혼인을 했다는데, 자신의 입으로 항주에 주루와 기루를 스물두 곳이나 갖고 있는 어마어마한 부자라고 하니까 그런 중대한 일을 그냥 묵과할 수 없는 일이다.

추측하건대 이들이 보고를 한 이유의 첫째는 그것이 사실인지 확인하려는 것이고, 둘째는 뭘 좀 뜯어먹을 수 있지 않을까 해서가 분명하다.

모르긴 해도 첫 번째 이유보다는 두 번째 이유가 더 크게 작용할 터이다.

제아무리 엄격한 천외신계라고 해도 물이 고이면 썩는 것처럼, 문물과 문화가 번성한 중원에서 일 년쯤 살다 보면 뭐가 좋고 뭐가 나쁜지 훤히 알게 된다.

그리고 좋은 것들을 누리려면 돈이 필요하다는 사실을 제일 먼저 자각했을 것이다.

"고맙소."

화운룡은 고개를 끄떡이고는 배에서 내렸다.

항주에서 천외신계 항주지계 제칠분계주라는 자를 잘 이용하면 운영검문이 주루와 기루들을 꾸려 나가는 데 별다른 불편함은 없을 것이다.

항주에서 가장 규모가 크고 특급 기녀들이 많은 기루가 만화루(萬花樓)다.

화운룡과 손설효가 항주에서 가장 번화한 서호(西湖) 변에 위치한 만화루 앞에 도착했을 때에는 술시(밤 8시경)가 넘은 시각이다.

항주에는 기루가 삼백여 곳이 성업 중이며 그것들 구 할 이상이 서호와 전당강 강가에 집중되어 있다.

서호와 전당강이 경치가 비할 데 없이 빼어나면서도 유람선을 띄울 수 있기 때문이다.

그 삼백여 곳의 기루들 중에서도 규모나 명성 면에서 단연 으뜸인 곳이 바로 만화루다.

만화루는 서호 변에서도 가장 경치가 좋은 대로에 자리를 잡고 있다.

일 층의 둘레가 자그마치 오백여 장이나 되는 거대한 팔 층 누각과 십여 채의 부속 건물, 백여 척의 크고 작은 유람선들을 보유하고 있다.

이것은 항주뿐만 아니라 천하의 그 어느 기루라고 해도 따라올 수 없는 비교 불가의 어마어마한 규모다.

거느리고 있는 기녀만 사백여 명이고 숙수나 하인, 하녀 등을 모두 합하면 천오백여 명이다.

만화루의 일 층 한쪽에는 문이 달려 있지 않은 여러 개의 방이 있으며, 그것들은 다른 기루에서는 찾아볼 수 없는 용도로 사용되고 있는데 바로 대기실이다.

만화루는 한꺼번에 천여 명의 손님들을 받을 수 있는 엄청난 규모인데도 날이 저물기도 전에 늘 문전성시를 이루는 터라서 대기실에도 천하에서 모여들어 순서를 기다리는 손님들이 가득 들어차 있다.

화운룡과 손설효가 만화루 일 층 입구에 들어섰을 때에는 대기실들이 발 디딜 틈조차 없을 정도로 순서를 기다리는 손님들이 득실거렸다.

입구를 지키는 호위무사 세 명 앞에서 나이 든 여자가 동패 하나를 화운룡에게 내밀었다.

"저기 앉아서 기다리세요."

화운룡이 동패를 보니까 문양 없이 밋밋한 복판에 백칠십오라는 수가 새겨져 있다.

일종의 번호표인데 이런 것까지 나누어주는 것을 보니까 만화루가 얼마나 유명한지 짐작할 수 있을 듯하다.

"얼마나 기다려야 하오?"

"그 번호라면 두 시진은 기다려야 해요."

여자는 당연하다는 듯 대꾸하고는 다음 손님에게 번호표를 건네주었다.

지금이 술시인데 두 시진이라면 자정이 넘어서 기방에 올라 갈 수 있다는 얘기다.

화운룡은 손설효를 데리고 대기실 안쪽으로 들어갔다.

손설효가 그를 뒤따라가면서 조그만 목소리로 속삭였다.

"주군께서 이곳 주인이신데 어째서 번호표를 받고 기다려야 하는 거죠?"

"내가 오는 것을 알리지 않았다."

손설효는 이해할 수 없다는 표정이다.

"그게 무슨 상관인가요? 이곳 주인이시잖아요?"

손설효는 화운룡이 이곳에 도착하면 모든 사람들이 다 우르르 달려 나와서 굉장한 환영이라도 해줄 거라고 기대했지 이런 처량한 신세가 될 줄은 몰랐다.

화운룡은 손설효와 한쪽 구석에 엉덩이를 붙이고 앉아서 담담한 얼굴로 설명했다.

"눈에 띄는 짓은 삼가는 것이 좋아."

"아……"

손설효는 그제야 알았다는 듯 고개를 끄떡였다.

사실 남경의 큰누나 화문영은 이곳 항주의 둘째 누나 화예상에게 화운룡이 갈 것이라는 사실을 알리지 않았다.

남경에서 화문영이 항주의 화예상에게 미리 알리는 방법은 전서구뿐인데 사실 전서구라는 것이 그리 안전하지가 않기 때문이다.

누군가 화문영을 감시하고 있다면 장원에서 하늘로 날아오르는 전서구를 화살이나 암기로 쏴서 떨어뜨리는 것쯤은 일류고수라면 누구라도 할 수 있다.

전서구에 화운룡이 항주에 갈 것이라는 내용을 적어야 하는데 그런 내용을 미리 암호로 정해놓지 않았기에 난해하게 적으면 화예상이 알아보지 못할 것이다.

그래서 화운룡이 무작정 항주에 온 것이다.

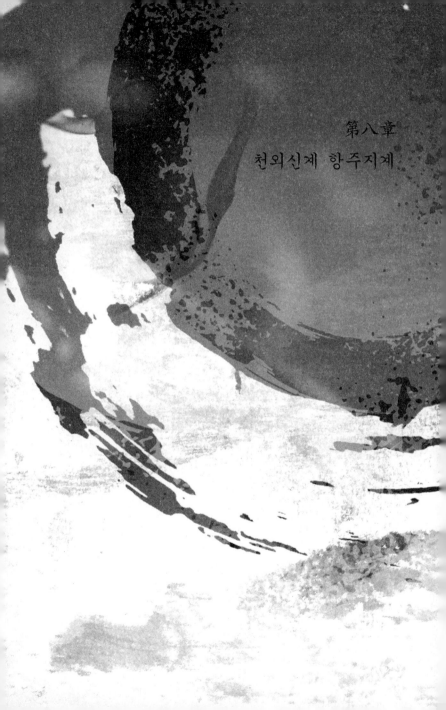

第八章
천외신계 항주지계

그는 가만히 앉아 있으면서 청력을 돋우어 만화루 가장 꼭대기 팔 층의 기척을 감지했다.

보통 이런 기루의 꼭대기 층이 루주나 최고 우두머리의 거처나 집무실이기 때문이다.

해룡상단이 보유한 항주의 기루들 중에서 만화루가 총단 역할을 하고 있기 때문에 화예상이 다른 볼일을 보러 나가지 않았다면 이곳 팔 층에 있을 터이다.

문득 화운룡은 팔 층에서 귀에 익은 둘째 누나 화예상의 목소리를 감지해 냈다.

그는 즉시 천리전음의 수법으로 화예상에게 자신의 존재를 알려주었다.

손설효는 지금처럼 한자리에 화운룡과 엉덩이를 붙이고 나란히 앉아 있을 수만 있다면 사흘 밤낮이라도 상관이 없을 것 같았다.

그녀는 미래에 화운룡을 너무나도 존경하고 사랑해서 목숨을 바치는 것쯤은 우습게 여겼다.

그런데 지금 과거에서는 그에게 몇 번이나 크나큰 은혜를 입다 보니까 존경과 사랑을 넘어 목숨이 백 개라도 아낌없이 바칠 수 있을 정도가 되어버렸다.

그녀는 화운룡하고 아무 말을 하지 않아도 그저 그의 옆얼굴을 하염없이 바라보고만 있어도 좋았다.

그때 누군가 계단을 급히 달려 내려오는 소리가 들렸다.

"비켜라!"

그러고는 잠시 후에 대기실 안으로 두 명의 호위무사의 호위를 받으면서 한 명의 중년 여인이 들어서더니 급히 주위를 두리번거렸다.

그러나 찾고 있는 사람을 찾지 못하자 중년 여인의 얼굴에 크게 당황하는 표정이 떠올랐다.

그때 그녀의 귀에 익은 목소리가 들렸다.

[풍림모(風林母), 나 여기 있다.]

중년 여인 풍림모는 예전 해남비룡문 시절부터 화씨 가문을 모시던 충직한 하녀였다.

그 이후에는 화예상에게 발탁되어 그녀가 가는 곳이면 어디라도 따라다녔다.

두리번거리던 풍림모의 시선이 화운룡에게 이르렀을 때 그는 재빨리 본래의 용모를 되찾았다.

"아!"

풍림모가 소스라치게 놀라서 엎어질 것처럼 달려올 때 화운룡은 즉시 조금 전의 얼굴로 되돌아갔다.

화운룡은 일어나서 풍림모에게 마주 다가가며 조용히 전음을 했다.

[풍림모, 소란 피우지 마라.]

화운룡은 한 손을 풍림모 어깨에 얹고는 입구 쪽으로 가만히 밀면서 걸어갔다.

[둘째 누나한테 가자.]

화운룡을 알아본 풍림모가 와들와들 심하게 떨고 있는 것이 화운룡의 손으로 전해졌다.

두 명의 호위무사는 풍림모가 심하게 몸을 떠는 데다 비 오듯이 눈물까지 흘리는 모습을 보고 흠칫 놀랐다. 그런 광경은 누가 보더라도 이상했다.

두 명의 호위무사는 화운룡이 풍림모의 어깨에 왼손을 얹은 것을 발견한 순간 그가 풍림모를 위협하는 것이라고 판단하여 즉시 검을 뽑으며 공격하려고 했다.

차창!

"당장 총관에게서 물러나라!"

그러자 풍림모가 살기등등해서 버럭 소리를 질렀다.

"이놈들아! 감히 어디다 대고 무례를 범하는 것이냐? 당장 물러나지 못할까!"

두 명의 호위무사는 움찔 놀라서 급급히 물러났다.

풍림모는 화운룡에게 허리를 굽히며 사죄했다.

"용서하십시오… 저것들이 아무것도 모르고……."

화운룡은 사람들이 쳐다보고 있는 것을 발견하고 짐짓 호방하게 웃음을 터뜨렸다.

"하하하! 이거 너무 오랜만에 왔다고 단골손님한테 푸대접이 심하군!"

풍림모는 퍼뜩 정신을 차렸다. 그녀는 화운룡의 존재를 숨겨야 한다는 사실을 그제야 깨달았다.

"어서 올라가시지요. 육 층에 술상과 기녀들을 대기시켜 놓았습니다요, 정 대인."

화운룡은 풍림모의 어깨를 두드리며 흡족하게 웃었다.

"하하하! 나를 아직도 잊지 않았다니 고맙군!"

대기실의 사람들은 화운룡을 부러운 시선으로 쳐다보았다.

풍림모는 오 층에서 호위무사들을 물리치고 자신이 직접 화운룡과 손설효를 안내하여 위층으로 올라갔다.

만화루는 육 층까지 기루이고 칠 층은 영업을 보는 집무실, 팔 층 전체는 화예상과 최측근들이 사용하고 있으며, 일반인들은 육 층까지만 출입이 허용됐다.

화운룡은 육 층 계단을 오를 때 본래의 용모를 회복했다.

칠 층 계단 입구에는 두 명의 호위무사가 지키고 있었는데 그들은 화운룡을 보자마자 혼비백산했다.

"앗! 주… 주군!"

화운룡도 움찔했다.

그들 두 명은 예전 해남비룡문 시절부터 해룡상단의 호위무사였기에 화운룡을 한눈에 알아본 것이다.

그들을 이런 곳에서 마주치게 될 줄은 화운룡도 예상하지 못했었다.

두 명의 호위무사는 엎어질 것처럼 그 자리에 부복하면서 예를 취했다.

"속하 주군을 뵈옵니다……!"

이들은 해룡상단의 호위무사였기에 살아남을 수 있었다. 그들은 부복한 채 몸을 부들부들 떨었다.

화운룡은 두 사람의 손을 잡고 일으켰다.

"일어나라. 전태(田兌), 조언문(趙彦門)."

두 사람 전태와 조언문은 화운룡이 자신들의 이름을 부르자 감격하여 왈칵 눈물을 쏟았다.

"주… 주군!"

예전에 그들은 해룡상단의 일개 호위무사였는데 화운룡이 이름까지 기억하고 있으니 그저 감격할 따름이다.

화운룡은 두 사람의 어깨를 다독거려 주고 나서 팔 층 계단을 올라갔다.

그때 계단 위에 한 여자가 나타나서 아래를 내려다보며 울음을 터뜨렸다.

"용아……! 으흐흑!"

그녀 화예상은 굴러떨어질 것처럼 계단을 허둥지둥 달려 내려와서 화운룡에게 와락 안겼다.

"용아! 네가 살아 있었구나……!"

"상 누나……!"

화운룡은 격동하여 화예상을 힘껏 안았다.

"으흐흑… 용아… 너를 다시 만나다니 꿈만 같구나… 용아……."

화예상은 화운룡에게 안겨서 몸부림치며 흐느껴 울었다. 피붙이들이 다 죽고 세상천지에 자신과 큰언니뿐이라고 여기면서 살았는데 화운룡이 살아서 불쑥 나타났으니 이처럼 기쁜 일이 어디에 있겠는가.

화운룡은 이로써 두 명의 혈육을 만나 더없는 기쁨과 안쓰러움으로 가슴이 터질 것만 같았다.

옆에 서 있는 손설효와 뒤따르는 풍림모도 비 오듯이 눈물을 흘렸다.

언제 어디에서나 헤어져 있던 가족의 상봉은 보는 이의 눈시울을 붉히게 만드는 법이다.

화운룡은 원래 체구가 작은 화예상을 번쩍 안아서 엉덩이를 팔뚝에 얹은 채 계단을 올라갔다.

화운룡보다 세 살 위인 이십오 세의 화예상은 두 팔로 그의 목을 감고 뺨을 비볐다.

"어떻게 된 거야? 제매도 살아 있어? 응?"

제매 즉, 옥봉과 특히 친했던 화예상의 물음에 화운룡은 갑자기 슬픔이 치밀어 올라서 아무 말도 하지 못하고 감정을 참느라 목의 울대만 오르락거렸다.

그가 아무 말도 하지 않자 화예상은 불길한 느낌에 펑펑 눈물을 흘렸다.

"제매가 죽은 거야? 그녀를 살리지 못했어? 제매가 어떻게 된 거야? 말해봐, 용아⋯⋯."

"미안해, 누나⋯⋯."

"와아앙! 어떻게 해? 제매가 불쌍해서 어떻게 해……!"

원래 자신의 감정에 대해서 가감 없이 표출하는 화예상의 울부짖음에 계단을 다 올라온 화운룡은 그녀를 안은 채 우두커니 서 있기만 했다.

생각이 깊은 큰누나 화문영은 화운룡의 마음을 헤아려서 옥봉이 살아남지 못한 슬픔을 애써 삼켰지만 화예상은 그런 걸 생각하지 않고 자신의 감정을 솔직하게 터뜨렸다.

화운룡의 눈이 축축해지고 그의 가슴속에는 옥봉에 대한 그리움이 샘물처럼 펑펑 솟구쳤다.

슬픔과 눈물은 전염성이 강하기에 화예상의 통곡이 그의 눈물샘을 자극했다.

아무리 철석 간담의 화운룡이라고 하지만 옥봉에 대한 일이라면 슬픔을 주체할 길이 없다.

팔 층 화예상의 거처 거실의 푹신한 의자에 앉아 있는 화운룡 옆에는 화예상이 찰싹 달라붙어 있다. 죽어도 떨어지지 않을 듯한 모습이다.

화운룡은 자신이 어떻게 해서 살아났으며 지금껏 어떻게 살았는지를 이야기했고, 화예상은 비룡은월문이 괴멸하고 화운룡이 실종된 이후 주인 잃은 해룡상단이 걸어온 길을 눈물 바람으로 설명했다.

맞은편에 앉은 손설효는 천여황에게 일격을 당한 화운룡이 어부의 그물에 건져졌다가 심심산골에서 반년 동안이나 혼수상태에 빠져서 기적적으로 목숨을 건졌다는 얘기를 이제야 처음 들었다.

그녀는 심장이 벌렁거릴 정도로 놀라고 그가 한없이 가엾어서 온몸의 수분을 다 쥐어짜듯이 울어댔다.

그리고 화예상이 비룡은월문이 멸문한 이후부터의 해룡상단에 대해서 설명할 때에는 비로소 화운룡이 천하제일의 부자라는 사실을 재확인했다.

화예상은 화운룡에게 찰싹 매달려서 그의 얼굴을 쓰다듬고 어루만지며 눈물을 그치지 않았다.

"용아, 너를 다시 보게 되다니 하늘이 도우셨어… 나는 매일 밤마다 네 꿈을 꾸었단다……."

화운룡은 손설효를 화예상에게 소개한 후, 그녀에게 항주의 주루와 기루 스물두 곳을 주라고 말했다.

화예상은 미간을 좁혔다.

"항주 토박이들 때문에 골치 아픈데 괜찮을까?"

주루와 기루 스물두 곳을 손설효에게 주는 것은 문제가 아닌데 토박이들 등쌀에 그녀가 고생하게 될 것을 걱정하는 화예상이다.

화운룡이 설명했다.

"운영검문 고수 삼백오십 명이 항주로 오고 있어. 전부 일류 고수 수준이니까 항주 토박이들 정도는 문제없을 거야."

"그래?"

화운룡에게 찰싹 붙어 있던 화예상이 자세를 바로 했다.

"그런데 말이야. 토박이들 문제가 절반이라면 나머지 절반 은 천외신계 항주지계야."

화운룡은 그럴 것이라고 예상했었다.

"항주지계가 뒤에서 토박이들을 조종하고 있어. 우리한테 서 무얼 좀 더 우려내든지 아니면 주루와 기루들을 뺏으려는 모양이야."

"그 문제는 내가 처리할게."

화운룡이 주루와 기루 스물두 곳을 준다고는 했지만 그래 도 완전히 믿을 수 없어서 조마조마한 심정이었던 손설효는 그제야 한시름을 놓았다.

그리고 시가로 은자 육천만 냥이나 나가는 주루와 기루 스 물두 곳을 손설효에게 주라는 화운룡의 말에 흔쾌히 승낙하 는 것을 넘어, 오히려 토박이와 천외신계 걱정을 해주는 화예 상의 배포에 존경을 금하지 못했다.

이때까지도 손설효는 자신에게 주겠다는 주루와 기루들이 해 룡상단이라는 거대한 공룡에게서 털 하나 뽑는 정도(拔—毛利)에 불과하다는 사실을 깨닫지 못하고 있었다.

화운룡은 비룡은월문을 지키다가 죽은 둘째 매형 차도익에 대해서는 아무 말도 하지 않았다.

쓸데없이 그 얘기를 꺼내서 화예상을 슬프게 만들고 싶은 생각이 없다.

둘째 매형 차도익은 원래 검술에 관심이 많았고 소질도 있어서 해남비룡문 시절부터 사범을 했었다.

이후 해남비룡문이 비룡은월문으로 성장했을 때에는 화운룡에게 비룡운검을 전수받아 깊이 심취했으며 문파 내 호위무사들의 검술 사범을 담당했었다.

화예상은 해룡상단의 재무를 총괄하고 있었기에 외부에 있는 날이 많았고, 그래서 이들 부부는 한 달에 한 번 정도 만나서 부부의 회포를 풀곤 했었다.

"참… 용아, 소개할 사람이 있어."

화예상이 갑자기 생각난 듯이 손뼉을 치며 눈을 빛내더니 밖에 대고 말했다.

"풍림모, 용아를 데리고 와."

화운룡은 의아한 표정을 지었다. '용아'는 가족들이 그를 부르는 호칭인데 또 다른 용아가 있는 것 같아서 기대 어린 표정으로 입구를 쳐다보았다.

잠시 후에 문이 열리고 풍림모가 들어서는데 뜻밖에도 품에 강보에 감싸인 아기를 안고 있지 않은가.

화운룡은 깜짝 놀라서 화예상을 쳐다보았다.

"상 누나, 설마……."

화예상은 환하게 웃으면서 일어나 풍림모에게서 아기를 건네받았다.

"내 아들이야. 그 일이 있고 나서야 임신을 했다는 사실을 알게 되었고, 그래서 팔 개월 후에 아기를 낳았는데 지금 칠 개월 됐어."

"아아……."

화운룡은 아기에게서 시선을 떼지 못하고 가슴이 찌릿찌릿한 감동을 느꼈다.

"나는 네가 잘못됐다고 생각해서 널 기리는 마음으로 아이에게 용(龍)이라는 이름을 지어주었어. 화의룡(華義龍)이야. 마음에 드니?"

"의룡… 좋은 이름이다."

화예상의 남편 차도익은 데릴사위였기 때문에 아기는 화씨 성을 따랐다.

그러나 안타깝게도 차도익은 자신에게 아들이 생길지도 모른 채 죽었다.

"안아봐."

화예상이 아기를 내밀자 왠지 화운룡은 가슴이 두근거리는 것을 느꼈다.

마치 그를 위해서 하늘이 점지해 준 성스러운 선물을 맞이하는 기분이 들었다.

아기 의룡은 깨어 있었는데 햇살처럼 해맑은 모습이다. 아기는 화운룡이 안자 그를 보고 방실방실 웃으면서 떡잎처럼 조그만 손을 뻗어 그의 얼굴을 만지려고 했다.

화운룡이 고개를 숙이자 아기가 손으로 그의 큼직한 코를 만지면서 까르르 웃었다.

아기의 보드라운 손길과 아기 특유의 젖내를 맡은 그는 가슴이 뭉클거렸다.

그러고는 무슨 일이 있어도 화문영과 화예상, 그리고 이 아기만은 목숨을 다해서 지켜야겠다는 결심을 했다.

*   *   *

다음 날.

손형창과 삼백오십 명의 운영검문 고수들이 만화루 뒤뜰에 비밀리에 집결했다.

화예상이 해룡상단에서 직접 이끌고 온 호위무사들의 우두머리인 전태가 삼백오십 명의 운영검문 고수들을 각 주루와 기루에 분류해서 배치했다.

만화루에 가장 많은 삼십 명을 배치하고 삼백이십 명을 스물한 곳 주루와 기루에 고루 분배했다.

화운룡은 운영검문 고수들을 데리고 가서 주루와 기루에 배치하는 일을 손형창과 전태에게 맡기기로 하고, 손설효를 데리고 만화루를 나섰다.

"오라버니, 따라오세요."

그런데 손설효가 손형창을 불렀다.

화운룡이 무슨 말을 하려고 돌아보자 손설효가 야무진 표정으로 말했다.

"주군께서 어쩌시려는 것인지 알아요. 하지만 저는 절대로 이곳을 맡지 않겠어요. 이제부터 여기는 오라버니께서 맡으실 거예요."

"효보보야."

화운룡은 항주의 주루와 기루들을 손설효와 손형창 남매에게 맡기고 나서 자신을 홀가분하게 떠날 생각이었는데 그것이 손설효에게 간파당했다.

뿐만 아니라 손설효는 이곳을 손형창에게 맡기겠다는 것인데 뭔가 좋지 않은 예감이 들었다. 모르긴 해도 화운룡에게 따라붙으려는 생각인 것 같았다.

손설효는 화운룡 옆에 바싹 붙어서 그를 보며 더욱 확고한 표정을 지었다.

"지금 이 순간부터 저는 죽을 때까지 주군을 따르겠어요.

절대로 헤어지지 않을 거예요."

화운룡의 좋지 않은 예감이 적중했다.

"효보보야."

손설효가 입술을 잘근 깨물었다.

"절 떼어놓으시려면 차라리 이 자리에서 죽이세요."

화운룡은 어이없는 표정을 지었다.

"너……."

손설효는 수하, 특히 여자 수하가 이런 식으로 떼를 쓰듯이
억지를 부리면 절대로 뿌리치지 못하는 화운룡의 성격을 잘
알고 있었다.

그의 성격에 대해서는 예전부터 잘 알고 있었지만 이렇게
강짜를 부리지는 못했었다.

미래에서 그녀는 늘 보이지 않는 곳에서 화운룡의 그림자처
럼 행동했었다.

하지만 지금 화운룡 곁에는 측근이라고는 아무도 없으며
누군가 그를 호위하고 보살펴야 하는데 그 사람이 자신이라고
판단한 것이다.

그녀는 죽어도 절대 물러나지 않을 결심이다. 이것은 화운
룡을 위한 길이기도 하지만 그녀 자신을 위한 중대한 결단이
기도 했다.

"여긴 오라버니께서 맡으실 거예요."

손설효는 조금 전에 했던 말을 다시 한번 반추함으로써 자신의 의지를 확고하게 밝혔다.

그러나 손형창은 손설효가 무슨 말을 하는지 그때까지도 이해하지 못했다.

손설효는 항주 거리를 걸어가면서 화운룡이 자신에게 항주의 주루와 기루 스물두 곳을 주었다는 얘기를 손형창에게 설명해 주었다.

처음에 손설효가 화운룡의 말을 믿지 못했던 것에 비하면 손형창은 약과다.

손설효는 손형창을 이해시키느라 진땀을 흘렸지만 별 효과를 거두지 못했다.

목적지에 도착했지만 손형창은 열흘 삶은 호박에 이도 들어가지 않는 것 같은 표정을 짓고 있었다.

"대협께서 그렇게 어마어마한 것을 어째서 우리에게 주시는 거지?"

그의 의문은 일관됐다.

정오가 조금 지난 시각에 화운룡 일행이 찾아간 곳은 천외신계 항주지계다.

그는 전문을 지키는 녹보에게 제칠분계주를 만나러 왔다고 말하고 밖에서 기다렸다.

그런데 반각이나 기다리게 한 끝에 나온 자는 제칠분계주가 아니라 그의 측근이라는 자인데, 백사(白士) 즉, 색성칠위의 최하급 녹성 바로 위인 백성 등급이다.

백성도 녹성처럼 백보, 백사, 백정 세 계급이 있으며 칠분계주 대신 나온 자는 백성의 두 번째 등급인 양백성고수 즉, 백사였다.

"누군데 무엇 때문에 분계주를 만나려는 것인가?"

전문을 지키는 녹보보다 무려 네 등급이나 위인 백사의 위세는 자못 등등했다.

외모와 지고 있는 기세가 화운룡 등도 못지않은데 백사는 눈 아래로 깔고 들어갔다.

"소개를 받았소만……."

"누구?"

백사는 다 알고 있는 것 같은데도 내숭을 떨었다.

화운룡은 배알이 뒤틀렸지만 참았다. 그러나 이런 식의 저자세는 마음에 들지 않았다.

그는 손형창을 가리키며 불문곡직 말했다.

"이 사람이 신임 만화루주요."

"……."

백사는 뜨악한 표정으로 손형창을 쳐다보았다. 그는 화운룡이 한 말을 조금 지나서야 이해하고 화들짝 놀랐다. 그는 설마 신임 만화루주가 이런 식으로 불쑥, 그것도 직접 찾아올 줄은 전혀 예상하지 못했다.

"서호 변의 팔 층 누각 그 만화루 말인가?"

"그렇소. 이 사람이 신임 만화주루요."

"어어……"

뒤통수를 한 대 호되게 얻어맞은 것 같은 표정을 짓고 있는 백사에게 화운룡이 한 방 더 먹였다.

"항주지계주에게 인사하러 왔는데 칠분계주가 다리를 놓아 주었으면 하오."

"다리를?"

"아니면 우리가 직접 지계주를 만나겠소."

"아… 아니, 그러면 아니 되오."

뒤늦게 사태를 파악한 백사는 허둥거리더니 화운룡 등을 안으로 안내했다.

"들어갑시다."

백사의 고자세가 평자세로 바뀐 것은 당연하다.

화예상의 측근 전태에게 미리 들은 설명으로는 천외신계 항주지계가 예전 항주의 명문정파였던 건청문(乾淸門)을 멸문시키고 그 자리를 차지했다고 한다.

건청문은 끝까지 천외신계에 저항하다가 문하고수 구백여 명이 거의 장렬하게 산화했다.

그리고 그 자리에 천외신계 항주지계가 들어서서 항주 일대를 지배하고 있다.

백사는 장원 내를 앞서 걷다가 뒤돌아보면서 다시 한번 확인했다.

"정말 저 사람이 만화루주요?"

그의 말투는 어느새 공손하게 변했다.

"그렇소."

백사는 화운룡과 나란히 걸으며 친근하게 물었다.

"왜 지계주를 만나려는 것이오?"

"인사하러 왔소."

백사는 걸음을 멈추고 재빨리 화운룡과 손설효, 손형창의 손을 살펴보았다.

이들이 인사를 하러 왔다면 뭔가 선물을 들고 왔을 것이라고 짐작한 것이다.

그러나 화운룡을 비롯한 세 사람 다 빈손이라서 실망하는 표정이 역력했다.

"진짜 보화는 부피가 작은 법이오."

화운룡이 지나가는 말처럼 중얼거리자 백사는 벌쭉하게 웃으면서 고개를 끄떡였다.

"하하하! 아무래도 그렇지 않겠소?"

화운룡이 가볍게 고개를 끄떡이며 신호를 보내자 손설효가 즉시 앞으로 나와서 백사에게 슬쩍 비단 주머니 하나를 말없이 내밀었다.

"이… 게 뭐요?"

백사는 다 알면서도 모르는 채 능청다.

그러나 손설효는 아무 말도 하지 않고 뒤로 물러났다.

굳이 손설효가 설명을 하지 않더라도 백사는 자신의 손에 쥐어진 묵직한 무게감과 사그락거리는 은근한 감촉만으로도 비단 주머니 안의 물건이 최소 백 냥 정도의 은자라는 사실을 알아차렸다.

원래 구리돈은 쩔렁거리지만 은자끼리는 서로 부대끼면 사그락거리는 느낌이 난다.

"뭘 이런 걸……."

은자 백 냥에 백사는 입이 찢어져서 서둘러 주위를 살피며 비단 주머니를 품속에 쑤셔 넣었다.

백사는 자신의 직속 상전인 제칠분계주가 며칠 전에 경항대운하를 운항하는 객륜에서 화운룡을 검문했던 소주분계 소속의 녹보가 보낸 한 통의 전서구를 받았으며, 서찰의 내용이 무엇이라는 것까지도 자세히 알고 있다.

서찰에는 소주현 운영검문의 황정이라는 자가 항주의 만화루를 비롯한 주루와 기루 스물두 곳을 소유하고 있는 엄청난 부자인데, 그에게 제칠분계주를 찾아가라고 말해두었다는 내용이 적혀 있었다.

칠분계주와 측근인 백사는 객륜을 검문했던 녹보들이 황정이라는 자에게서 푼돈이라도 먹었을 것이라고 짐작했으며, 만약 황정이 자신들을 찾아오면 한몫 단단히 뜯어내리라고 작심하고 있었다.

화운룡이 칠분계주를 만난 지 일각 만에 그는 지계주를 만나고 오겠다면서 서둘러 방을 나갔다.

조금 전에 이 방에 들어오자마자 손설효는 미리 준비한 조그만 상자 하나를 칠분계주에게 주었다.

그런데 상자 안의 내용물을 확인한 칠분계주는 혼비백산해서 벌떡 일어나 한참이나 서 있다가 무너지듯이 자리에 앉고서도 꽤 오랫동안 아무 말도 하지 못했다.

조그만 상자 안에 들어 있는 것은 엄지손톱 두 개 크기의 묘안석(猫眼石) 혹은 금록석(金綠石)이라고 부르는 매우 귀한 보석이었다.

눈을 부릅뜬 채 상자 안의 묘안석에서 눈을 떼지 못하고 있는 칠분계주를 보면서 손설효가 흐릿한 미소를 지으며 나직하게 설명해 주었다.

"그것은 묘안석이라고 하는데 멀고 먼 파사국에서 은자 칠만 냥을 주고 구입한 거예요. 중원에서는 족히 은자 십만 냥의 가치가 나갈 테죠."

"음……."

이어서 손설효가 항주지계주를 만나고 싶다는 말을 하니까 칠분계주는 일말의 망설임도 없이 쏜살같이 밖으로 달려 나갔던 것이다.

이각 후에 칠분계주가 돌아와서 벌겋게 홍분된 얼굴로 설레발을 피우듯 말했다.

"지계주께서 바쁘신 와중에도 특별히 당신들을 만나겠다고 말씀하셨소."

백성이 세 개 즉, 삼백성고수 백정(白精)의 등급인 칠분계주는 항주지계 내에서 서열로 치면 삼십 위권 밖이다.

항주지계주가 일인자이고 그 아래 두 명의 부지계주가 있으며, 지계주의 측근 호위 이십여 명. 그 아래 일분계주부터 십분계주까지 있다.

지계주는 백성의 한 등급 위인 황성(黃星)의 최고수 삼황성고수 즉, 황정(黃精)이고 부지계주는 한 등급 아래인 황사(黃土), 측근호위고수 이십 명은 그보다 한 등급 아래인 황보(黃輔)의 지위다.

그러므로 칠분계주의 서열은 백성 신분인 이십삼 명과 자신보다 앞선 분계주 여섯 명 다음인 것이다.

 일 년여 전에 화운룡은 북경에서 태주현으로 돌아오는 과정에 추격대 서초후가 이끄는 홍투정수 사천 명과 오외신군 만 명을 전멸시킨 적이 있었다.

 홍투정수는 색성칠위의 두 번째 등급인 홍성(紅星)에서도 최정예고수들이다.

 홍성 아래가 흑성, 그 아래는 남성, 그 아래가 황성이다.

 색성칠위 전체에서 엄선되어 따로 혹독한 훈련을 받은 소수 정예 투정수들은 같은 등급의 색성이라고 해도 수준과 지위가 확연히 다르다.

 만약 화운룡이 죽였던 사천 명의 홍투정수 중에 한 명이 이곳 항주지계에 나타난다면 항주지계 전 인원이 바닥에 부복하여 벌벌 떨어야 할 것이다.

 그랬었는데 화운룡은 지금 만화루 등의 안전을 위해서 겨우 황성의 황정에게 고개를 숙이러 왔다.

 천외신계 항주지계주 황정이라는 자는 넓은 대전의 단상 위 커다란 의자에 앉아서 한껏 거드름을 피우면서 화운룡 일행을 맞이했다.

 칠분계주가 화운룡 일행을 이끌고 조심스럽게 대전으로 들어서더니 화운룡과 손설효, 손형창 세 사람을 나란히 세우고 자신은 세 사람 앞으로 나서서 지계주를 향해 최대한 공손히 허리를 굽혔다.

"데려왔습니다, 지계주."

지계주는 거만하게 고개를 까딱거렸다.

"너는 물러가라."

지계주는 칠분계주에게 충분한 설명을 들었기 때문에 소용 가치가 없는 그를 내보냈다.

신임 만화루주에게 뭔가 뜯어먹으려는데 칠분계주 따위가 있으면 곤란한 것이다.

지계주 뒤쪽과 단하의 양쪽에는 도합 열 명의 황의를 입은 고수들이 늘어서 있는데, 화운룡은 그들이 지계주의 측근 호위고수인 황보들이라고 짐작했다.

사실 대전에 있는 자들은 화운룡이, 아니, 그가 나설 필요 도 없이 손설효가 나서서 두세 차례 검을 휘두르는 것으로 몰 살시킬 수 있을 것이다.

그렇지만 지금은 위력(威力)을 사용할 시기가 아니고 지 력(智力) 즉, 머리를 사용할 때다.

그렇다고 해서 지계주에게까지 뇌물을 바쳐서 구워삶을 생 각은 아니다.

뇌물이라는 것을 한번 주고 끝나면 별문제가 없는데 한번 주면 나무에 주렁주렁 연 걸리듯이 끊임없이 이어서 상납해야 하니까 그게 골치 아프다.

"무슨 일이냐?"

지계주는 거들먹거림의 끝장을 보여주고 있다.

일을 길게 끌 생각이 전혀 없는 화운룡은 두 손을 모아 포권을 하여 지계주를 향해 흔들어 보이면서 슬쩍 무형지기를 발출했다.

"신임 만화루주가 인사를 드리러 왔소이다."

다음 순간 무형지기가 쏘아가는 도중에 수십 줄기로 갈라지면서 지계주의 얼굴과 상체 도합 스물일곱 군데 혈도가 아무런 기척도 나지 않고 제압됐다.

"음……."

지계주는 나직한 신음 소리를 냈고 측근 호위고수들 중에 몇 명이 쳐다보았지만 단지 그것뿐, 지계주는 여전히 거만한 모습으로 말했다.

"누가 신임 만화루주냐?"

화운룡은 손형창을 가리켰다.

"이 사람이오."

걸핏하면 이 핑계 저 핑계를 대고 만화루에 공짜 술을 마시러 가는 지계주였다.

화운룡이 지계주에게 전음을 보냈다.

[우리를 밀실로 안내하라.]

지계주의 눈빛이 가볍게 흔들리는 것 같더니 곧 자리에서 일어나 대전의 옆문으로 걸어갔다.

"따라오너라."

지계주는 화운룡이 전개한 섭혼술 잠혼백령술에 제압됐다. 이제부터 그는 화운룡이 잠혼백령술을 해제하지 않는 한 무조건 그의 명령에 따라야 한다.

第九章

선봉(仙鳳) 출현

　사도철(司徒哲)은 천외신계가 대거 항주에 쳐들어왔을 때 마지막까지 처절하게 저항하다가 멸문했던 항주의 명문정파 건청문의 소문주다.

　그는 지금 열다섯 명의 고수들과 함께 대전의 지붕 아래 천장 속에 숨어 있는 상태다.

　이곳 천외신계 항주지계는 일 년여 전까지 건청문이었기 때문에 사도철과 고수들은 발각되지 않고 손금을 보듯이 장원 내를 자유롭게 이동할 수가 있다.

　결론적으로 말하면 건청문이 멸문한 날 간신히 목숨을 건진 사람은 사도철을 비롯한 오십칠 명이 전부였다.

건청문 전체 고수 구백여 명 중에서 겨우 오십칠 명만 살아남아 피눈물을 흘리며 도주했었다.

이들은 지난 일 년여 동안 건청문의 잔존 세력을 소탕하려는 천외신계의 손길을 피해 은밀한 장소를 전전하면서 복수할 순간만을 고대하며 칼을 갈았었다. 하루도 피눈물을 흘리면서 이를 갈지 않은 날이 없었다.

그리고 그 복수의 날이 바로 오늘이다.

사도철은 조금 전까지 항주지계주의 개인 집무실 천장에 숨어 있었다.

그를 비롯한 고수 십오 명은 모두 귀식대법을 전개하고 있으므로 일체의 기척을 감출 수 있었다.

그는 급습을 해서 지계주를 죽일 수 있는 확률을 구 할 이상으로 보았다.

천장을 뚫고 그를 비롯한 십오 명이 바로 아래에 있는 지계주를 한꺼번에 덮치면서 급습하면 지계주를 죽이는 것은 여반장과도 같다고 판단했다.

혼자 있는 지계주를 죽일 수만 있다면 사도철 일행이 도주하는 것은 그리 어렵지 않다.

거미줄처럼 얽혀 있는 건청문 내부를 훤하게 알고 있기에 천외신계를 따돌리고 도주하는 것 역시 식은 죽 먹기다.

그런데 항주지계주 암살을 코앞에 둔 시점에서 조금 골치 아픈 일이 생겼다.

난데없이 인사를 드리겠다고 나타난 만화루주 일행 때문에 집무실에 있던 지계주가 대전으로 가더니 이제는 또 밀실로 들어가 버린 것이다.

사도철은 방금 항주지계주가 들어간 밀실도 잘 알고 있다. 문제는 밀실에는 창이나 천장이 없다는 사실이다. 그래서 어디 한 군데 잠입할 수 있는 틈이 없다.

대전의 천장 속에 엎드려 있는 사도철은 어찌해야 할지 결정을 내리지 못했다.

오랫동안 계획을 세워서 어렵게 여기까지 잠입을 했는데 이대로 물러나는 것은 너무 억울했다.

그래서 사도철은 고민 끝에 결단을 내렸다. 절호의 기회를 기다리기로 했다.

기다리다가 밤이 된다면 더 좋다. 지계주가 혼자 있을 테니까 그때 암습한다면 성공할 확률이 훨씬 높다. 그러나 문제는 그때까지 천장에서 계속 귀식대법을 전개하면서 버티고 있어야 한다는 사실이다.

낯선 자의 전음이 사도철의 고막을 파고든 것은 그런 결정을 내린 직후다.

[물러가라.]

"……."

사도철은 움찔 놀라 몸이 경직됐다.

전음이 이어졌다.

[항주지계주는 천외신계 색성칠위의 오 위인 황성에서도 상급인 황정이고 측근 호위 이십 명은 바로 그 아래인 황사다. 너희들 십오 명은 지계주를 죽일 수는 있겠으나 절대로 살아서 나가지 못할 것이다.]

사도철은 천외신계 색성칠위라거나 황성 같은 것이 무언지 모른다.

그렇기 때문에 그들이 어느 정도 수준인지도 자연히 모를 수밖에 없다.

누군지 모를 인물의 전음이 이어졌다.

[잘 결정해서 실행하라. 살아 있으면 기회는 또 생길 테지만 죽으면 그것으로 끝이다.]

사도철은 지금 자신에게 전음을 보내는 자가 누구인지, 그가 무슨 의도로 이런 말을 하는 것인지 고심했지만 둘 다 답을 얻지 못했다.

그런데 한 가지는 분명했다. 사도철 등이 지금 전음을 보내고 있는 인물에게 발각됐다는 사실이다.

귀식대법을 전개하고 있는데도 말이다. 그렇다면 상대는 최소한 절정고수다.

그런데도 그 인물은 사도철 등이 은신해 있다는 사실을 지계주나 천외신계 고수들에게 발설하지 않았다. 일단 그것만 보면 적은 아닌 것이 분명하다.

일단 거기까지 생각을 하고 나니까 낯선 인물이 한 말 즉, 색성칠위의 황성이니 뭐니 하는 말들에 대해서 어느 정도 신뢰가 생겼다.

[물러난다면 성내 한매각(寒梅閣)에서 나를 기다려라.]

알 수 없는 신비의 인물은 그 말을 끝으로 더 이상 전음을 보내지 않았다.

밀실에 들어선 화운룡은 한쪽에 놓인 탁자 앞의 의자에 서슴없이 앉았다.

지계주는 서 있고 손설효와 손형창도 멀뚱하게 서 있는 상황에 화운룡이 혼자서 덜컥 앉아버린 것이다.

손설효와 손형창은 어쩌면 화운룡이 지계주를 공격할지도 모른다는 생각에 바짝 긴장했다.

"지계주, 여기 와서 앉아라."

그러더니 화운룡이 손가락을 까딱거리면서 지계주에게 탁자 맞은편 자리를 가리켰다.

손설효와 손형창은 소스라치게 놀랐다. 화운룡이 서슴없이 의자에 앉은 것으로도 모자라서 지계주에게 수하 부리듯이 명령을 한 것이다.

그런데 경악할 일은 그다음에 벌어졌다. 서 있던 지계주가 군소리 없이 걸어가더니 화운룡이 가리킨 맞은편 의자에 공손하게 앉은 것이다.

손설효와 손형창은 경악이 지나친 나머지 머리가 마구 혼란스러워졌다.

도대체 지금 눈앞에서 벌어지고 있는 이 일을 어떻게 이해할지 알 수가 없다.

그런데 그게 끝이 아니다.

"이름이 뭐냐?"

"오루혼(午累混)입니다."

화운룡이 명령조로 묻자 지계주가 두 손을 앞에 모으고 공손히 대답하는 게 아닌가.

그때 경악하고 있는 손설효와 손형창의 귓전을 화운룡의 전음이 두드렸다.

[놀랄 것 없다. 이놈은 내게 심지가 제압됐다.]

"아……."

도대체 어떻게 해서 다른 사람의 심지를 제압할 수 있는지 모르지만 손설효와 손형창은 그제야 의문이 풀려서 경직된 얼굴을 풀었다.

화운룡이 지계주에게 물었다.

"너는 남천국 사람이냐?"

지계주의 생김새를 보고 짐작한 것이다.

"그렇습니다."

천외신계 천신국에는 다섯 개의 소국가가 있으며 남천국은 그중 하나로 몽고족이 주종을 이루고 있다. 그렇다면 절강성은 남천국 관할인 모양이다.

"절강성에서는 네가 제일 지위가 높으냐?"

지계주는 화운룡을 쳐다보았다가 얼른 눈을 내리깔았다.

"아닙니다. 절강총계(浙江總界)에 수장이신 남천국 금투정령수(金鬪精令手)께서 절강성 전체의 총책이십니다."

"절강총계는 어디에 있느냐?"

"이곳 항주에 있습니다."

화운룡의 표정이 가볍게 변했다. 설마 금투정령수가 절강성 총책일 줄은 몰랐다.

천외신계 색성칠위의 최고 등급이 금성족(金星族)이고 그중 상급이 금정(金精)이다.

그런데 금투정령수라고 하면 지위가 그보다 훨씬 더 높다. 금성족 전체에서 엄선하여 훈련을 받은 자들이 금투정수인데, 금투정령수는 금투정수 오십 명을 거느리며 공력이 백오십 년 수준이다.

금투정령수는 모두 삼십 명이 있으며 그 위에 금성족의 최고봉인 금투총령사가 다섯 명 있다.

금투총령사 위에 신조삼위의 존왕이 있으니까 금투정령수가 얼마나 높은 지위인지 짐작할 수 있다.

필경 절강총계는 이곳 항주지계하고는 비교도 할 수 없을 정도로 막강할 것이다.

화운룡은 지계주 오루혼에게 마치 수하에게 명령하듯이 이것저것 몇 가지 내용을 명령하고는 일어섰다.

화운룡이 한 명령의 주된 내용은 지금 이 시각부터 만화루를 비롯한 스물두 곳의 주루와 기루를 항주지계에서 보호하라는 것이다.

화운룡은 손형창을 가리켰다.

"이 사람이 만화루주이고 항주의 스물두 곳 주루와 기루들을 운영할 것이다."

오루혼은 고개를 조아렸다.

"알겠습니다."

"잘할 수 있겠느냐?"

일어선 화운룡이 묻자 오루혼은 두 손을 앞에 모으고 공손히 허리를 굽혔다.

"목숨을 걸고 받들겠습니다."

손설효와 손형창은 저렇게 공손한 태도를 취하고 있는 자가 조금 전 대전에서 그토록 거만을 떨었던 그자가 맞는지 분간이 되지 않았다.

화운룡이 밀실을 나가려고 하자 오루혼이 종종걸음으로 따라 나오려고 했다.

"배웅할 것 없다. 너는 네 할 일을 해라."

"살펴 가십시오."

화운룡의 말에 오루혼은 공손히 허리를 굽혔다.

오루혼이 화운룡의 잠혼백령술에 제압되었다고 해도 일상생활을 하는 데는 아무런 이상이 없다.

다만 화운룡이 명령한 내용에 대해서만 충실하게 이행하게 될 것이다.

화운룡 등이 대전에서 마당으로 나오자 기다리고 있던 칠분계주가 급히 다가왔다.

"어찌 됐소?"

화운룡에게 엄청난 묘안석을 받은 데다 앞으로의 돈줄이 걸려 있으므로 칠분계주는 바싹 달아올라 있었다.

화운룡은 담담히 고개를 끄떡였다.

"잘됐소."

"정말 다행이오."

칠분계주는 자신의 일인 양 기뻐했다.

화운룡은 항주지계 전문까지 따라 나온 칠분계주에게 넌지시 일러주었다.

"가끔 만화루에 놀러 오시오."

칠분계주는 헤벌쭉 웃으며 화운룡의 손을 덥석 잡았다.

"그러겠소. 고맙소."

화운룡 등은 손까지 흔들어주는 칠분계주의 극진한 배웅을
받으면서 거리로 나섰다.

한매각은 항주제일의 주루다.

기루인 만화루에서 백여 장 거리에 있는 한매각에 화운룡
과 손설효, 손형창이 들어섰다.

화운룡은 여전히 조금 용맹한 청년의 모습으로 변장한 용
모다. 하지만 그의 용모가 이미 만화루를 비롯한 스물두 곳
주루와 기루들에 전해졌기에 그가 들어서자 한매각 총관이
조심스럽게 다가왔다.

"대인, 어쩐 일이십니까?"

스물두 곳 주루와 기루의 루주들은 화운룡의 용모만 알 뿐
이지 그의 신분은 정확하게 모른다. 그가 누군지 알면 기절초
풍할 것이다.

그들은 다만 자신들의 생사여탈권을 화운룡이 쥐고 있다
는 사실 정도만을 알고 있다.

"잠시 둘러보겠네."

"그러십시오."

둘러본다는 것이 무슨 검열 같은 것인 줄 알고 총관은 바짝 긴장했다.

화운룡은 한매각 일 층을 천천히 둘러보다가 저만치 구석에 혼자 앉아 있는 청의 경장의 청년을 발견하고 그가 항주지계 천장에 잠복해 있었던 인물이라고 판단했다.

"저 사람을 데려오게."

이어서 총관에게 이르고는 이 층 객방으로 올라갔다.

사도철은 극도로 긴장한 표정으로 총관의 안내를 받아 이 층으로 올라왔다.

그는 항주 토박이라서 한매각의 역사가 얼마나 오래됐으며 얼마나 규모가 큰지 잘 알고 있다.

그는 자신을 안내한 화려한 옷을 입은 중년인이 한매각의 총관이라는 사실도 알고 있다.

총관이라면 한매각주 바로 아래 이인자다. 그런 인물이 사도철을 몸소 안내하고 있다.

그렇다면 그를 부른 인물이 누군지는 몰라도 굉장한 신분일 것이라고 짐작할 수 있다.

총관이 사도철을 알아보지 못하는 것이 그나마 다행이다.

그러나 사실 총관은 사도철이 누군지 한눈에 알아보았으면서도 모른 체하고 있는 것이다.

"대인, 데려왔습니다."

"들여보내라."

총관이 객실 안에 고하고 나서 문을 열어주었다.

"들어가십시오."

사도철은 몹시 긴장한 표정으로 조심스럽게 객실 안으로 들어갔다.

실내의 중앙에 커다랗고 둥근 탁자가 놓여 있으며 세 사람이 앉아 있는데 그중에 한 청년 즉, 손형창이 일어나서 사도철에게 자신들이 앉은 맞은편을 가리켰다.

"앉으시오."

손설효와 손형창은 천외신계 항주지계 대전 천장에 십오 명의 괴한들이 숨어 있었다는 사실을 조금 전에 화운룡에게 들어서 알게 되었다.

사도철은 팽팽하게 긴장하여 세 사람을 조심스럽게 살피면서 손형창이 가리킨 의자에 앉았다.

그가 앉자 화운룡이 거두절미하고 입을 열었다.

"내가 너에게 전음을 보냈다."

거침없는 하대지만 이미 압도되어 있는 사도철에게는 그것이 외려 자연스럽게 들렸다.

　　　　*　　　　　*　　　　　*

　사도철이 화운룡이 대체 누구냐고 물으려는데 그가 먼저
불쑥 물었다.

　"너는 누구냐?"

　"……"

　사도철이 입을 굳게 다물자 화운룡의 다음 말이 비수처럼
그의 심장을 깊이 찔렀다.

　"건청문의 소문주 사도철이냐?"

　화운룡은 천외신계 항주지계가 원래 건청문이었다는 설명
을 듣고 항주지계에 찾아갔었다.

　그렇기 때문에 누군가 항주지계주를 죽이려고 천장에 잠입
해 있다면 건청문의 생존자들일 가능성이 크며, 그들의 우두
머리며 젊은 청년이 소문주일 것이라고 짐작했다.

　사도철이 크게 놀라는 표정을 짓는데 눈동자가 심하게 흔
들리고 있다.

　상대가 정확하게 자신이 누군지 짚었는데 부인한다는 것은
우스운 일이다.

　"나를 아시오?"

　"모른다."

　"그런데 어떻게 나라는 것을……"

"항주지계에 마음대로 들락거리면서 지계주를 죽일 만한 자객이 건청문 사람들밖에 더 있겠느냐? 또한 너는 젊으니까 소문주일 것이라고 짐작한 것이다."

사도철은 화운룡의 날카로운 추리에 감탄했다. 그렇다고 해서 이곳에 온 본론을 잊을 정도는 아니다.

"어째서 우리들을 물러나게 한 것이오?"

그는 조금 따지듯이 물었다.

그때 총관이 조심스럽게 문을 열고 극도로 공손히 물었다.

"술과 요리를 들일까요?"

화운룡은 쳐다보지도 않았다.

"됐다. 물러가라."

총관은 다시 허리를 굽히고 가만히 문을 닫았다.

사도철은 총관의 그런 행동을 보고 다시 한번 화운룡에게 압도당했다.

화운룡은 흐트러지지 않은 자세로 앉아 군더더기 없는 청아한 목소리로 말했다.

"네가 복수를 하려는 대상이 항주지계주 한 명이냐? 아니면 천외신계 전체냐?"

사도철은 화운룡이 무슨 말을 하는 것인지 짐작한다는 듯한 표정을 지었다.

"음, 천외신계요."

"그렇다면 네가 항주지계주 한 명을 죽여봤자 동해에서 바닷물 한 그릇을 떠내는 것이나 다름이 없다."

"……"

너무 적절한 표현이라서 사도철은 대꾸할 말이 없어졌다. 거대한 천외신계에서 항주지계주 한 명은 그저 바닷물 한 그릇 정도일 것이다.

"그렇다고 항주지계주가 건청문을 멸문시킨 원흉도 아니다. 너는 대체 무엇을 복수하려는 것이냐?"

사도철은 입이 백 개라도 할 말이 없다. 그는 단지 건청문을 차지하고 들어앉은 천외신계 항주지계의 우두머리를 죽이고 싶었을 뿐이다.

"너의 행동은 화가 난다고 주먹으로 바위를 때리는 것이나 다름이 없다. 그런다고 바위가 피를 흘리겠느냐? 깨지는 것은 네 주먹이다."

사도철은 볼멘소리를 했다.

"그럼 나더러 어쩌라는 말이오?"

그는 그렇게 말하면서도, 자신이 물에 빠진 것을 화운룡이 구해주었는데 보따리를 내놓으라고 억지를 부린다는 사실을 깨닫고 씁쓸한 기분이 들었다.

"나는 그저 불나방 같은 열다섯 목숨을 살렸을 뿐이다. 내게 매달릴 생각은 하지 마라."

그의 말이 백번 옳다.

화운룡은 가볍게 손을 저었다.

"가라."

"……."

"앞으로는 죽더라도 내가 없는 곳에서 죽어라."

냉정하기 이를 데 없는 말이지만 맞는 말이다. 그런데도 듣고 있는 사도철은 기분이 참담해졌다.

그의 얼굴이 보기 싫게 일그러졌다.

"귀하가 누군지는 모르겠으나 말이 너무 심하군."

화운룡은 근엄한 표정을 지었다.

"연천몰각(年淺沒覺)이냐?"

나이가 어려서 철이 없느냐는 말이다.

사도철은 기어코 참지 못하고 벌떡 일어서며 어깨의 검을 뽑아 화운룡을 찌를 듯이 겨누었다.

차앙!

"과연 귀하에게 나를 꾸짖을 자격이 있는지 시험해 봐야겠소! 검을 뽑으시오!"

검첨이 목 한 뼘 앞에 있는데도 화운룡은 미동조차 하지 않고 표정도 변하지 않았다.

"용기가 있으면 찔러봐라."

사도철의 얼굴이 분노로 시뻘겋게 변했고 팔이 부들부들

떨렸으나 찌르지는 못했다.

그는 자신이 분노를 조절하지 못하고 있다는 사실을 어렴풋이 깨달았지만 이미 내친걸음이다.

화운룡의 차가운 조소가 이어졌다.

"철이 없는 놈이 용기마저 없구나."

"이잇! 나는 무방비 상태의 사람을 찌르지 않는다!"

사도철이 버럭 외쳤다.

화운룡은 손설효를 턱으로 가리켰다.

"저 여자아이는 내게 반초지적이 못 된다. 지금 이 상황에서 네가 나를 찌르기 전에 그녀가 너를 일초에 제압한다면 어쩌겠느냐?"

너무도 어이없는 말에 사도철의 얼굴이 모욕감으로 붉으락푸르락 변했다.

자신의 검첨이 화운룡의 목 한 뼘 거리에 있어서 슬쩍 손에 힘만 줘도 그의 목에 구멍을 뚫을 판국이거늘, 보기에도 연약한 손설효가 무슨 수로 단 일초식 만에 자신을 제압할 수 있다는 말인가.

"헛소리!"

그때 사도철은 손설효가 흘러내린 머리카락이라도 쓸어 넘기려는 듯 자연스럽게 손을 들어 올리는 것을 보았다.

단순한 동작이지만 보이지 않는 무형의 경력이 부드럽게 그러나 쏜살같이 뿜어졌다.

펵!

"어흑!"

다음 순간 사도철은 가슴 한복판이 쪼개지는 듯한 거센 충격을 받고 뒤로 붕 날아갔다.

쿠당탕!

"크으으……."

사도철은 실내를 가로질러 날아가서 등을 벽에 모질게 부딪쳤다가 바닥에 나뒹굴었다.

그는 입에서 비릿한 피 냄새가 나는 것을 느끼고 자신이 내상을 입었다고 생각했다.

그러나 그보다는 손설효가 자신을 일수에 격퇴시켰다는 사실에 경악을 금치 못했다. 더구나 그는 검첨을 화운룡의 목에 대고 있었다.

그럼에도 불구하고 손설효는 앉은 자세에서 그저 오른손만 살짝 들어 올렸을 뿐이었다.

일 갑자 공력의 사도철로서는 손설효의 공력이 최소한 이백 년 이상이라고 짐작할 수밖에 없었다.

그렇게 계산상으로 짐작을 했지만 이제 겨우 이십 세 남짓한 여자가 무려 이백 년 이상의 공력이라니 방금 당해놓고서도 믿어지지 않았다.

그런데 조금 전에 화운룡은 그녀가 자신의 반초지적도 되지 못한다고 말했었다.

그렇다면 도대체 화운룡은 어느 정도의 고수일지 짐작조차 할 수가 없다.

여전히 앉아 있는 손설효가 바닥에 퍼질러 앉아 있는 사도철을 보며 싸늘하게 꾸짖었다.

"주군께 무례한 너를 죽이고 싶은 것을 참느라 정말 힘들었다. 내상은 입히지 않았으니까 일어나라."

입에서 피를 흘리는데 내상을 입지 않았다니 그 또한 말이 되지 않았다.

사도철이 재빨리 운기를 해봤는데 정말 전혀 내상을 입지 않아서 그를 또 한 번 경악하게 만들었다.

손설효가 더욱 차갑게 말했다.

"이제 그만 가라."

사도철은 망연자실한 표정으로 화운룡을 바라보았다. 이 순간의 그는 한 마리 벌레가 된 처참한 기분이다. 그런 벌레 열다섯 마리가 항주지계주를 암살하겠다고 설쳐댔다는 것을 생각하면 자괴감 때문에 가슴이 저며온다.

화운룡은 열다섯 마리 벌레들이 거미줄에 걸리게 될까 봐 불쌍해서 사전에 주의를 주었을 뿐인데, 벌레들의 우두머리 사도철이 왜 자신들을 구해주었느냐고 따지고 들다가 볼썽사

나운 꼴을 당하고 말았다.

그러나 한 가지만은 분명했다. 사도철은 자신의 눈앞에 앉아 있는 저 사람이 이른바 천외천(天外天)의 인물일 것이라고 굳게 확신하게 되었다.

그것이 소득이라면 소득이고 유일한 위안이다.

잠시 고개를 숙이고 앉아서 가늘게 몸을 떨고 있던 사도철은 일어나서 나가는 대신 그 자리에 무릎을 꿇고 화운룡을 향해 정중히 절을 올렸다.

"대인, 부디 가르침을 주십시오. 저는 더 이상 물러날 곳이 없습니다."

화운룡은 미간을 찌푸렸다.

"내가 또 쓸데없는 일을 만들었구나."

화예상은 항주에 열흘쯤 더 머물면서 손형창에게 주루와 기루의 운영에 대해서 이것저것 자세히 가르쳐 주었다.

또한 만화루를 제외한 스물한 곳의 주루와 기루 우두머리들을 한 명씩 차례로 불러들여서 손형창이 항주의 해룡온유향(海龍溫柔鄕: 기녀들의 세계)의 새로운 총루주가 되었음을 알리고 충성하도록 했다.

화예상이 남경으로 떠난 날 밤에 화운룡은 손형창과 사도철의 생사현관을 타통해 주었다.

또한 사도철을 비롯한 건청문의 생존자들은 운영검문이 거두어 함께 해룡온유향을 관리, 보호하면서 훗날을 기약하기로 했다.

지난 일 년여 동안 갈 곳도, 받아주는 곳도 없이 여기저기 어두운 곳만 기웃거리면서 떠돌아다녔던 사도철과 건청문 고수들은 이제부터는 의식주 걱정 없이 편하게 지내면서 힘껏 무공 연마를 할 수 있게 되었다.

만화루 팔 층 넓은 내실에 술자리가 벌어지고 있다.

둥근 탁자 둘레에는 화운룡과 손설효, 손형창, 사도철이 둘러앉아 있다.

사도철은 열흘 전 한매각에서 호된 신고식을 치른 후부터 화운룡을 하늘처럼 받들면서 따랐다.

그 덕분에 그를 비롯하여 갈 곳 없는 형제들 오십칠 명에게 새 보금자리가 생겼으며 사도철 본인은 말만 들어도 심장이 뛰는 생사현관이 타통되는 홍복을 얻었다.

사도철은 화운룡의 진정한 신분에 대해서는 아무것도 모르지만 열흘 전 그의 앞에서 무릎을 꿇었을 때보다 백배 더 그를 존경하고 충성하게 되었다.

몇 순배의 술이 돌아가고 난 후에 사도철이 화운룡의 눈치를 보다가 조심스럽게 입을 열었다.

"대인, 누구 한 사람 소개드려도 되겠습니까?"

화운룡은 술잔을 손에 쥐고 선선히 고개를 끄떡였다.

"오냐."

이십삼 세의 사도철은 자신보다 한두 살 어리게 보이는 화운룡이 이럴 때는 노인처럼 여겨졌다.

아니, 꼭 지금만 그런 것이 아니다. 지난 열흘 동안 사도철이 화운룡을 나이 지긋한 노인네처럼 느꼈던 적은 셀 수도 없이 많았다.

사도철이 일어나서 밖으로 나갔다가 잠시 후에 돌아왔는데 여자 한 명을 데리고 왔다.

이십칠팔 세쯤 돼 보이는 키가 크고 마른 여자인데 묘한 분위기를 풍겼다.

짙은 눈썹이 갈매기처럼 위로 약간 솟구쳤고 새카만 눈이 매우 고집스러우며 입이 작고 입술이 얄팍한 것이 한눈에도 대단한 성깔의 소유자 같았다.

그런데 어이없는 말이 사도철의 입에서 흘러나왔다.

"제 어머니입니다."

화운룡과 손설효, 손형창 모두 놀라서 눈을 크게 떴다.

이십삼 세 나이의 사도철 모친이라면 아무리 어려도 사십 대 초반이어야 할 텐데 이 여자는 많게 봐도 이십칠팔 세 이상으로는 보이지 않았다.

"계모냐?"

손설효의 직설적인 물음에 사도철은 그런 물음이 이력이
난다는 듯한 표정을 지었다.

"아닙니다. 친어머니십니다."

"몇 살이냐?"

손설효는 한매각에서 사도철에게 일장을 가격한 이후부터
는 그 길로 하대를 하면서 아랫사람처럼 대하고 있다.

화운룡이 원래 팔십사 세 먹은 노인이라면 그녀는 팔십이
세 먹은 노파이기 때문이다.

미래의 기억을 되찾은 그녀는 그때부터 매사 언행이 늙은
생강처럼 굴었다.

"어머니께선 사십삼 세이십니다."

사도철은 사도철대로 손설효를 매우 어려워했다. 자신이 하
늘처럼 받들게 된 화운룡의 최측근이면서 동시에 절정고수이
기 때문이다.

사도철 모친이 화운룡을 향해 포권을 하면서 공손히 허리
를 굽혔다.

"처음 뵈어요. 사도철 어미인 선봉(仙鳳)이에요."

'선봉?'

화운룡은 내심 가볍게 놀랐다.

사실 그는 조금 전에 사도철의 모친 선봉을 처음 봤을 때 조금 놀랐다.

그녀의 관상과 골격이 전설이나 예언에서 말하는 어떤 그 무엇과 흡사하다는 생각이 들었는데 그게 무엇인지 정확하게 기억해 내지 못했었다.

그런데 그녀가 자신의 이름을 '선봉'이라고 말하는 순간 기억이 되살아났다.

전설과 예언에서는 말하고 있다.

세상에는 사룡(四龍)과 사봉(四鳳)이 있는데, 사룡은 묵룡(墨龍), 반룡(蟠龍), 광룡(狂龍), 혈룡(血龍)이고, 사봉은 한봉(寒鳳), 미봉(美鳳), 선봉(仙鳳), 요봉(妖鳳)이다.

이 사룡사봉은 전설적으로, 혹은 예언에 의해서 태어난다는 것이지 사람의 이름하고는 상관이 없다.

화운룡의 운룡이나 주옥봉의 옥봉은 단지 이름일 뿐이므로 이 사룡사봉하고는 하등의 상관이 없다.

第十章
심지공과 심심상인

　화운룡은 미래에 팔십사 세까지 살았으며 수많은 사람들을 만났지만 전설과 예언이 가리키는 사룡과 사봉을 만난 적은 한 번도 없었다.

　그래서 그것이 그저 전설과 예언으로 끝나는 줄만 알았다. 방금 전까지는 그랬었다.

　그런데 지금 눈앞에 다소곳이 서 있는 사도철의 모친이라는 여자가 바로 전설이 말하는 선봉이 분명하다.

　단지 눈으로 본 것뿐이라서 손으로 더듬어 확인해 봐야 정확하겠지만 거의 확실하다.

더구나 그녀는 자신의 이름이 선봉이라고 밝혔다.

전설과 예언의 선봉이면서 이름도 선봉이라니 이런 경우는 누구에게 들어본 적도, 고서에서 읽은 적도 없었다.

희한한 우연의 일치다.

화운룡이 선봉에게 물었다.

"성이 선(仙) 씨요?"

"네, 주군."

사도철도 아직 화운룡에게 주군이라는 호칭을 쓰지 못하는데 처음 보는 선봉이 거침없이 그를 주군이라고 불렀다.

그렇지만 염치가 없는 여자 같지는 않았다.

주군이라는 부를 수 있는 것은 허락이 떨어져야 한다.

"이름 봉은 누가 지었소?"

"아버지께서 지으셨어요."

화운룡은 듣기에 따라서는 이상할 수도 있는 질문을 했다.

"왜 이름을 봉이라고 했소?"

그 이상할 수도 있는 질문을 선봉은 당연한 듯이 아무렇지도 않게 받아넘겼다.

"어머니께서 저를 잉태하셨을 때 아버지께서 수차례 똑같은 꿈을 꾸셨는데 꿈속에서 자신을 무황(武皇)이라고 밝힌 백발백염의 노인이 말씀하시기를, 장차 딸을 낳으면 이름을 '봉' 외자로 지으라고 하셨다는군요."

"무황?"

선봉은 수줍은 듯 배시시 웃었다.

"꿈속에서 그 백발백염의 노인이 어떤 날은 자신을 무황이라고 소개하기도 하고 또 어떤 날은 십절(十絶)이라고 소개하기도 했답니다."

"허어… 십절이라고?"

화운룡과 손설효는 가볍게 놀라는 표정으로 서로의 얼굴을 마주 쳐다보았다.

십절무황은 미래에서 화운룡의 별호다.

그런데 선봉의 부친이 꾼 꿈속의 노인이 자신을 때로는 무황이라 하고 또 때로는 십절이라고 밝혔다니 어이가 없는 일이다.

말하자면 화운룡이 선봉 부친의 꿈속에 현몽하여 딸의 이름을 봉이라 지으라고 지시했다는 얘기다.

화운룡은 일어나서 문으로 걸어가며 선봉에게 말했다.

"따라오시오."

모두들 깜짝 놀란 표정이지만 정작 당사자인 선봉은 조금도 놀라지 않고 화운룡을 따랐다.

"검을 벗어놓고 침상에 누우시오."

어느 방으로 들어간 화운룡은 다짜고짜 선봉을 침상에 누우라고 명령조로 말했다.

선봉은 깜짝 놀라는 듯했으나 잠시 후 주저함 없이 검을 벗어 탁자에 내려놓고는 조심스럽게 침상으로 올라가서 반듯한 자세로 누웠다.

그녀는 화운룡의 말을 추호의 사심으로 받아들이지 않는 것 같았다.

하늘색 연청색 경장 차림인 선봉은 두 팔을 옆구리에 붙인 자세로 눈을 감고 가만히 있었다.

화운룡이 의자를 침상가에 내려놓고 앉으면서 그녀에게 조용한 목소리로 물었다.

"무공을 익혔소?"

"네. 무가의 자손이라서 어렸을 때부터 검법을 배웠습니다만 보잘것없습니다."

그녀의 용모는 매우 날카로운 데다 대단한 성격일 것 같았는데 의외로 고분고분했다.

"잠시 골격을 살펴보겠소."

화운룡은 눈으로 봤을 때 선봉의 골격과 자질이 전설과 예언의 선봉일 것이라고 짐작했지만 직접 손으로 만져서 확인할 필요를 느꼈다.

슥…….

화운룡은 엄숙한 표정으로 두 손을 뻗어 선봉의 머리로 가져갔다.

화운룡이 약 반시진에 걸쳐서 선봉의 온몸을 구석구석 더듬고 만지면서 확인해 본 결과 그녀는 전설과 예언이 가리키는 사봉 중에 선봉이 분명했다.

화운룡은 침상가 의자에 꼿꼿한 자세로 앉아서 팔짱을 낀 채 깊은 생각에 잠겨 있으며, 선봉은 처음과는 달리 엎드린 자세로 침상에 누워 있다.

화운룡이 근골을 확인하는 과정에 그녀에게 여러 자세를 취하게 했는데 마지막에 몸을 뒤집었기 때문이다.

"일어나시오."

그의 말에 선봉은 눈을 뜨고 조심스럽게 일어나 침상에 다소곳이 앉았다.

그녀는 화운룡이 자신의 근골과 자질을 살폈다는 사실을 알고 있지만 왜 그랬는지는 짐작조차 하지 못했다.

그러면서도 묵묵히 그의 말에 따랐다.

화운룡의 생각이 길어지고 있다.

그럴 수밖에 없다.

그는 이 일을 어떻게 받아들이고 또 어떻게 처리해야 하는지를 고심하고 있는 중이다.

선봉은 원래의 모습을 찾은 준수한 용모의 화운룡을 살며시 바라보았다.

화운룡은 아들 또래의 나이지만 추호도 아들처럼 여겨지지 않고 그저 막연하게 대단한 존재로만 보였다.

그렇지만 그가 남자로 여겨지지는 않았다.

조금 전 반시진에 걸쳐서 화운룡의 두 손이 그녀의 온몸을 구석구석 더듬고 만지면서 쓰다듬었지만 그녀는 그에게서 추호의 사심도 느끼지 못했으며 그런 마음은 그녀 자신도 다르지 않았다.

"솔직하게 말하겠소."

이윽고 오랜만에 화운룡이 가라앉은 목소리로 입을 열자 그를 몰래 훔쳐보던 선봉은 제풀에 화들짝 놀라서 가슴이 철렁 내려앉았다.

"아……."

"혹시 사룡사봉에 대한 전설을 들어본 적이 있소?"

선봉은 조신한 자세로 앉아서 말간 얼굴로 그를 바라보며 살래살래 고개를 가로저었다.

"들어보지 못했습니다."

화운룡은 그럴 줄 알았다는 듯 고개를 끄떡이고 나서 사룡과 사봉의 전설, 혹은 예언에 대해서 자신이 알고 있는 내용을 자세히 설명해 주었다.

설명을 듣고 난 선봉은 눈을 동그랗게 뜨고 해연이 놀라는 표정을 지었다.

"그런 일이……."

화운룡의 설명을 요약하면 이랬다.

인세(人世)에는 언젠가 사룡과 사봉이 출현하는 시대가 도래할 수도 있는데, 그들이 한꺼번에 출현할 수도 있으며 따로 출현할 수도 있다.

또한 현세에 출현하더라도 자신이 사룡이나 사봉인지 전혀 모르는 데다, 누군가가 다듬어주지 않으면 스스로 사룡사봉인 줄도 모른 채 평생을 살다가 평범하게 죽는다고 하니 고래로 지금까지 몇 명의 사룡과 사봉이 인세에 왔다가 사라져 갔는지 알 수가 없다.

그러나 사룡사봉이 제대로 다듬어지기만 한다면 전대미문의 초극고수가 되어 일세를 풍미할 것이로되, 또한 누가 다듬어주느냐에 따라서 희대의 영웅이 될 수도, 악마가 될 수 있다는 사실이다.

선봉은 너무도 엄청난 사실이 전혀 믿어지지 않는다는 표정을 지으면서 크고 까만 눈만 깜빡거리며 화운룡을 바라보았다.

그녀는 사십삼 세의 나이면서도 소녀처럼 순진무구했다.

첫인상하고는 전혀 딴판이다. 어쩌면 그래서 사봉 중에 선봉인지도 모른다.

화운룡은 설마 사도철의 모친이 사봉 중에 한 명일 줄은 전혀 예상하지 못했다.

지금 그가 선봉을 모른 체하고 지나친다면 그녀는 다른 누군가에 의해서 다듬어질 가능성이 크다.

왜냐하면 화운룡이 이미 그녀가 전설의 사봉 중에 선봉이라고 가르쳐 주었기 때문이다.

화운룡은 오랜 장고 끝에 선봉을 거두기로 결심했다.

선봉의 모친이 그녀를 잉태했을 때 부친이 꾼 꿈에 나타난 백발노인이 무황이라고도 하고 십절이라고도 했다는 것은 화운룡을 가리키는 것이 분명하다.

그러므로 그것은 화운룡이 장차 선봉을 만나서 그녀를 거둘 것이라는 어떤 계시에 다름이 아니다.

화운룡은 선봉을 전혀 모르고 그녀의 부친은 더욱 모르지만 이것은 전설이나 어떤 알 수 없는 미지의 힘이 연결해 준 인연인지도 모른다.

화운룡은 선봉을 지그시 응시하다가 가라앉은 목소리로 입을 열었다.

"사룡과 사봉이 무엇인지 알겠소?"

선봉은 두 손을 앞에 모으고 그를 바라보며 공손히 대답했다.

"알 것 같아요."

화운룡은 곧장 본론으로 들어갔다.

"내가 그대를 거두겠소."

선봉은 깜짝 놀라서 눈이 커졌다.

"제 사부님이 되시겠다는 말씀이신가요?"

"그렇소."

선봉의 눈빛과 표정이 크게 흔들렸다.

그럴 수밖에 없다. 그녀는 태어나서 사룡과 사봉이라는 말을 처음 들었다.

그런 전설이나 예언이 존재했다는 사실조차도 화운룡에게서 처음 알게 되었다.

그러므로 지금 화운룡이 순진한 그녀에게 사기를 치는 것일 수도 있다.

화운룡이 사도철을 비롯한 오십칠 명의 건청문 고수들을 거두어준 것이나 그들을 잘 대해주는 것을 보면 믿을 수 있는 사람인 것만은 분명하다.

그러니까 사기가 아닐지도 모른다. 그렇다면 또 다른 문제가 생긴다.

이제 겨우 약관을 지났을 듯한 나이의 화운룡이 사십삼 세인 그녀의 사부가 될 수 있는 것이며, 될 수 있다고 해도 그에게 그런 자격이 있는가 하는 것이다.

화운룡은 선봉이 아무 말도 하지 않고 가만히 있는 이유가 무엇인지 짐작했다.

　그래서 그는 여러 말로 설득하는 것보다 선봉에게 심심상인을 시전해 보기로 마음먹었다.

　선봉이 미래에서 온 사람은 아니지만 심지공을 병행하여 화운룡에 대한 것들을 주입시켜서 그가 누군지 알 수 있게 한다면 성공이다.

　그러면 제자가 돼라 마라 구구절절이 설명할 필요가 없다. 오히려 그녀가 무릎을 꿇고 애원하게 될 것이다.

　화운룡은 선봉에게 두 팔을 내밀었다.

　"이리 오시오."

　선봉은 무슨 뜻인지 모르고 쭈뼛거렸다.

　"어… 떻게 말인가요?"

　화운룡이 조용한 목소리로 설명했다.

　"내가 어떤 사람인지 그대가 알게 해주겠소."

　"말씀을 하시면 경청하겠습니다."

　화운룡이 엄숙하게 말했다.

　"내가 그대를 품에 안고 심지공이라는 것을 전개하면 내 마음이 그대에게 전해질 것이오."

　"그런……."

　이것이야말로 열흘, 아니, 백 일 동안 푹푹 삶은 호박에 젓가락조차 찔러지지 않을 헛소리다.

그렇지만 선봉은 저렇게나 허여멀끔하게 잘생긴 청년이 다 늙은 자신을 희롱하거나 능욕하려는 속셈으로 이러는 것이 아니라고 판단했다.

그렇지만 낯선 화운룡의 품에 안기기 위해서는 대단한 용기가 필요했다.

이윽고 가만히 입술을 깨문 그녀는 몸을 일으켜 무릎걸음으로 그에게 다가갔다.

"어떻게 하면 되죠?"

화운룡은 두 팔을 벌렸다.

"마주 보고 내게 안기시오."

선봉은 얼굴을 붉히면서 그의 앞에 엉거주춤한 자세로 서서 쩔쩔맸다.

"아… 어떻게 하면 되죠?"

화운룡이 그녀의 허리를 안고 끌어당겨 안았다.

"아……."

그녀는 화들짝 놀라서 몸이 뻣뻣해졌지만 곧 저항하지 않고 그의 가슴에 안겼다.

솔직히 화운룡은 심심상인이 선봉에게 성공할 것이라고 확신하지 못했다.

다만 최선을 다할 뿐이다.

이것은 또 다른 시도인 것이다.

"두 팔로 나를 힘껏 마주 안으시오."

선봉이 어색한 동작으로 두 손으로 등을 안자 화운룡은 심지공을 일으켜 심심상인을 전개했다.

미래에서 오지 않은 선봉에게 심심상인을 성공시킨다면 그것은 또 하나의 신기원이다.

후우우…….

심지공과 함께 심심상인의 기운이 화운룡에게서 선봉의 가슴으로 전해지기 시작했다.

그때 갑자기 선봉이 파드득 세차게 몸을 떨었다.

"아얏!"

화운룡은 심심상인이 성공할 수 있다는 확신을 갖고 더욱 힘껏 그녀를 안았다.

선봉은 바들바들 몸을 떨기 시작하는데 화운룡의 등을 안은 두 팔에 점점 힘이 들어갔다.

손설효와 손형창, 사도철은 한마디 말도 하지 않은 채 화운룡과 선봉이 돌아오기만을 기다렸다.

화운룡이 무엇 때문에 사도철의 모친을 데리고 나갔는지 모르지만 나쁜 일이 아닐 것이라고 추측만 할 뿐이지 달리 짐작할 수 있는 게 아무것도 없다.

척!

그때 문이 열리자 세 사람은 동시에 벌떡 일어나며 문을 쳐다보았다.

화운룡이 앞서고 선봉이 뒤따라 실내로 들어오는데 화운룡의 표정은 나갈 때와 별반 다르지 않지만, 선봉은 무언가 굉장한 축복이라도 받은 것처럼 발걸음이 가볍고 화사한 얼굴에 생기가 넘쳐흘렀다.

"어머니……"

사도철이 부르자 선봉은 생긋 미소를 지어 보이고는 화운룡이 의자에 잘 앉도록 시중을 들고 나서 자신은 당연하다는 듯 그 옆에 앉았다.

손설효와 손형창, 특히 사도철은 무슨 일이 있었는지 몹시 궁금한 얼굴로 화운룡과 선봉을 바라보았다.

화운룡이 조용한 목소리로 입을 열었다.

"선봉은 오늘부터 내 제자가 되었다."

"앗!"

"아아……"

사도철이 비명 같은 탄성을 터뜨리고 손설효는 한숨 같은 소리를 흘려냈다.

＊　　　　＊　　　　＊

화운룡은 그 말만 하고 술잔을 들었다.

그가 아까 부어놓았던 술을 마시고 빈 잔을 내려놓자 선봉이 재빨리 옥주담자를 들어 술을 따랐다.

손설효는 놀라고 있느라 술 따르는 것을 잊고 있다가 급히 손을 뻗어 선봉에게서 옥주담자를 뺏듯이 낚아챘다.

선봉은 술잔을 기울이고 있는 화운룡을 그윽한 눈빛으로 바라보았다.

손설효는 그녀의 눈빛이 끝없는 존경과 충성심이라는 사실을 알아차렸다.

그리고 선봉의 눈빛에서 하나를 더 발견했지만 그것이 무엇인지 손설효는 알아내지 못했다.

그 눈빛은 아련하면서도 따스하고 또 꿈을 꾸듯이 몽롱했다.

화운룡이 선봉에게 행한 심심상인은 성공했다.

그로써 선봉은 화운룡의 미래와 과거, 그리고 현재에 대해서 깡그리 알게 되었다.

그가 미래에 십절무황으로 천하제일인이었다는 사실을 알게 되었을 때는 너무 충격이 커서 그의 품에 안겨 눈을 번쩍 떴었다.

선봉의 아버지 선유근(仙惟謹)이 그녀를 잉태했을 때 몇 번인가 꾸었던 꿈에 현신했던 무황과 십절은 다름 아닌 화운룡이었던 것이다.

또한 선봉은 자신보다 곱절 가까이 많은 나이인 팔십사 세의 십절무황이 미래에서 과거로 회귀하여 저 유명한 비룡공자가 되었다는 사실도 알게 되었다.

선봉이 생각하기에 화운룡은 자신의 사부가 되고도 넘치는 인물이었다.

그래서 그녀는 무릎을 꿇고 제자로 받아달라고 읍소했고 화운룡이 받아들여 사제지간이 되었다.

화운룡이 사도철에게 잔잔한 음성으로 말했다.

"네 어머니는 내일 아침에 나와 함께 길을 떠날 테니까 그리 알고 있어라."

사도철은 놀라서 선봉을 쳐다보았다.

"어머니……."

선봉은 자상한 미소를 지었다.

"너는 이곳에서 문파 사람들과 지내고 있어라."

"어머니, 정말 대인의 제자가 되셨습니까?"

선봉 얼굴에 더할 수 없는 기쁨의 미소가 피어났다.

"그렇단다."

사도철은 도저히 이해할 수 없다는 표정을 지었다.

"어떻게 그게 가능합니까?"

그는 문득 모친이 다른 세계의 사람처럼 보였다. 그의 손이 닿지 않는.

"불가능한 이유는 무엇이냐?"

선봉은 대답을 하지 못하고 착잡한 표정을 짓고 있는 사도철에게 해주고 싶은 말이 너무도 많지만 지금은 침묵해야 한다는 사실을 잘 알고 있다.

"철아, 너에게 해줄 수 있는 약속이 있다면, 그리 오래지 않아서 복수를 할 수 있을 것이라는 사실이란다."

선봉의 얼굴에는 신념이 가득했다.

$$*\qquad\qquad *\qquad\qquad *$$

연종초는 거의 매일 술에 취해서 살고 있다.

천하를 제패한 천신국의 여황이 천여황라는 사실은 누구나 다 알고 있는 사실이지만, 천여황의 이름이 연종초라는 사실을 아는 사람은 극히 드물다.

연종초는 지난 일 년여 동안 술을 마시지 않은 날이 단 하루도 없을 정도로 술고래가 되었다.

오늘밤도 그녀는 벌써 열 병 이상의 술을 마셔서 몹시 취한 상태다.

그녀는 지난 일 년여 동안 술고래가 되었을 뿐만 아니라 주량이 많이 세졌다.

술을 따르려던 연종초는 술병이 빈 것을 보고는 또렷한 목소리로 명령했다.

"이번에는 수정방(水井坊)을 가져오너라."

연종초를 최측근에서 모시는 시녀들이 술이 떨어지기 전에 미리 가져다 놓지 못하는 이유가 있다.

지금 마시고 있는 술이 떨어지고 나면 그녀가 다음에 무슨 술을 마실 것인지 모르기 때문이다.

연종초는 다음에 마실 술 이름을 미리 말해주지 않으며 반드시 술병이 비어야지만 술 이름을 알려준다.

그때그때 마시고 싶은 술이 다르기 때문이다.

그렇지만 시녀들은 연종초를 오래 기다리게 하지 않았다. 그녀가 즐겨 마시는 몇 가지 술이 정해져 있어 근처에 그 술들을 늘 넉넉하게 대기시켜 두었기 때문이다.

연종초는 시녀가 무릎을 꿇고 두 손으로 바치는 술 수정방을 옥처럼 새하얀 손을 뻗어 받았다.

뽁……

술 마개가 저절로 뽑히자 연종초는 크고 아름다운 금굴치(金屈卮)에 가득 술을 부었다.

금굴치 술잔이 워낙 커서 커다란 수정방 술병의 술이 사분지 일이나 부어졌다.

연종초는 금굴치를 들고 코끝에 대어보았다.

수정방의 향긋하면서도 독한 주향이 코를 자극하는데 그것이 아주 조금이 위안이 돼주었다.

그리고 금굴치 너머에 온화한 미소를 짓고 있는 한 청년의 모습이 신기루처럼 보였다.

연종초의 붉은 입술이 살짝 벌어지며 한숨 같은 조용한 중얼거림이 흘러나왔다.

"운룡……."

연종초의 두 명의 애제자 중에 한 명인 연군풍은 멀지 않은 곳에 우두커니 서서 사부 연종초를 바라보고 있는데 표정이 애잔하기만 하다.

연군풍은 세상천지에서 사부 연종초의 슬픔과 아픔을 알고 있는 유일한 사람이다.

반년 전쯤에 사부 연종초가 술에 만취하여 연군풍의 부축을 받고 침상에 누우려다가 갑자기 와악! 하고 울음을 터뜨리는 일이 벌어졌다.

눈물조차 보인 적이 없었던 천여황이 그렇게 어린아이처럼 울음을 터뜨린 것은 처음 있는 일이었다.

그때 연종초는 자신이 죽도록 사랑하는 남자가 있으며 그의 이름은 화운룡이고 반년 전 비룡은월문을 공격한 직후에

그를 자신의 손으로 죽였다고 고백하면서 애간장이 끊어질 정
도로 애달프게 흐느껴 울었다.

연군풍은 경악했다. 그녀는 사부가 남자를 죽도록 사랑했
다는 사실과 그 남자를 자신의 손으로 죽였다는 사실을 알고
큰 충격을 받았다.

그리고 그 남자가 바로 비룡은월문 문주인 비룡공자 화운
룡이라는 사실을 알고는 더 큰 충격에 빠졌다.

비극도 이런 참담한 비극이 없다.

그렇지만 연군풍은 같은 여자로서 사부를 십분 이해했
다.

지금에 와서 돌이켜 생각해 보니까 사부는 자신의 손으로
비룡공자 화운룡을 죽인 날부터 술을, 그것도 폭주를 하기 시
작했던 것 같았다.

사부가 매일 마시는 술은 언제나 정해져 있었다.

하나같이 중원이 자랑하는 최고급 술로써 수정방과 분주,
고정공주 세 종류다.

어느 날인가 사부는 자신이 그 세 가지 술을 즐겨 마시게
된 이유를 연군풍에게 독백처럼 들려주었다.

비룡공자 화운룡을 북경의 어느 주루에서 처음 만나 첫눈
에 사랑에 빠지게 되었는데 그때 그와 정답게 나누어 마셨던
술이 그것들이라는 것이다.

그날 두 사람은 고주망태가 되도록 마셨었다.

사부는 그런 얘기까지는 해주지 않았지만 연군풍은 사부가 화운룡과 깊은 관계였을 것이라고 짐작했다.

사부가 일 년이 훨씬 넘도록 저다지도 그를 그리워하고 또 괴로워하는 것을 보면 알 수 있다.

또한 여자의 느낌상으로도 사부는 화운룡과 연인이었던 것이 분명했다.

연군풍이 측은한 눈빛으로 바라보고 있을 때 사부 연종초가 다른 술을 가져오라고 하는 목소리가 들렸다.

"분주를 가져와라."

연종초와 화운룡이 분주를 마셨을 때 또한 분주에 얽힌 추억이 있었다.

사부를 바라보는 연군풍의 가슴속에서도 빗물처럼 눈물이 흐르고 있다.

*　　　　　*　　　　　*

만화루가 보유하고 있는 아담한 크기의 배 한 척을 빌려서 탄 화운룡 일행은 항주를 출발하여 경항대운하를 타고 북쪽으로 거슬러 오르고 있다.

경항대운하를 타고 오르다가 장강을 만나면 방향을 서쪽

으로 바꿔서 장강을 거슬러 올라 남경으로 항해하게 될 터
이다.

화운룡 일행의 배는 이 층이며 길이가 십 장에 폭 이 장, 갑
판 아래에 있는 것까지 치면 선실이 열두 개나 있고, 배를 모
는 선원과 요리를 하는 숙수들까지 모두 아홉 명이 타고 있
다. 장원의 전각 한 채가 운하를 따라 흘러가고 있다고 보면
된다.

항주를 출발한 화운룡 일행은 몇 차례인가 천외신계 녹보
들의 검문을 받았으나 아무런 제지를 받지 않았다.

화운룡의 잠혼백령술에 제압된 항주지계주 오루혼이 어떤
검문에서도 무사통과할 수 있는 항주지계주 권한의 특별한
신패(信牌)를 내준 덕분이다.

신패를 본 녹보들은 찍소리도 하지 않고 공손히 예를 취한
후에 물러갔다.

항주를 출발한 직후부터 화운룡은 거의 두문불출하며 선
실 안에만 틀어박혀 있었다.

무극사신공의 최종 절학인 천성대신력(天成大神力)을 연마하
기 위해서다.

무극사신공 중에서 심법이 무극삼원이다.

화운룡은 미래에 그것을 신공으로 발휘하기 위해서 삼십여
년 동안 줄기차게 연마한 결과 마침내 삼원천성으로 승화시

컸다. 그것은 태미원, 자미원, 천시원 삼원을 천성으로 축약한 것이다.

삼원천성을 신공으로 변환하여 단련한 것이 천성대신력인데 화운룡은 지금까지 그것을 연마한 적이 없었다.

왜냐하면 굳이 그것을 연마하지 않았어도 사신검법만으로도 충분히 천하제일인의 자리에 오를 수 있었기 때문이다. 필요하지도 않은 무공을 연마할 이유가 없었다.

그는 사신검법의 최고봉인 사초식 파천을 능가하는 검법, 아니, 무공을 본 적이 없었다.

그랬었는데 일 년여 전에 그가 전력으로 전개한 파천이 천여황의 일격에 여지없이 박살 나버렸던 것이다.

죽음에서 부활하여 다시 세상으로 나온 그는 파천보다 더 강력한 무공, 천여황과 일대일로 싸워도 절대로 밀리지 않을 그런 무공이 필요했다.

그래서 삼원천성의 결정체인 천성대신력을 연마하기로 결정한 것이다.

자신의 선실에서 나온 화운룡은 옆 선실로 들어갔다. 그곳은 선봉이 사용하고 있다.

실내 바닥에는 선봉이 가부좌의 자세로 단정하게 앉아서 운공조식을 하고 있는 중이다.

화운룡은 심법을 비롯한 무공들을 선봉에게 일일이 말로써 전수하지 않았다.

배로 항주를 출발한 첫날 선봉을 품에 안은 상태에서 심지공을 전개하여 그녀에게 비룡십절검공결(飛龍十絶劍功訣)을 심어주었다.

예전에 화운룡이 비룡은월문 사람들을 위해서 비룡운검과 십절신공을 창안한 적이 있었다.

그랬는데 장하문이 이 두 가지 무공을 연구하여 하나로 합친 것이 바로 비룡십절검공결이다.

그는 십절신공 열 단계 십공결(十功訣)과 비룡운검 십검결을 각 하나의 결(訣)로 묶었다.

즉, 십절신공 일공결을 익히면서 비룡운검 일검결을, 그것이 끝나면 십절신공 이공결을 시작하고 동시에 비룡운검 이검결을 시작한다는 식이다.

지금 선봉은 비룡십절검공결의 시작인 일검공결을 익히고 있는 중이다.

운공조식으로 심법을 익히면서 동시에 비룡운검의 구결과 운용방법을 숙지할 수 있으니 일거양득이다.

이후 그녀가 비룡운검을 연마하게 된다면 약간의 수련만으로도 금세 숙달하게 될 것이다.

선봉이 운공조식을 하는 중이라서 화운룡이 몸을 돌려 나가려는데 마침 운공조식을 끝낸 그녀가 눈을 뜨다가 그를 발견하고 급히 일어서며 반갑게 맞이했다.

"사부님, 오셨습니까?"

"음."

처음 만났을 때도 그랬지만 화운룡과 사제지간이 된 이후 선봉은 그를 거의 신처럼 받들어 모셨다.

사도철의 모친으로서 평범한 그녀를 다시 탄생시켰으며 새로운 신세계로 안내하는 사람이 화운룡이므로 그러지 않을 까닭이 없다.

화운룡은 몸을 돌려 물끄러미 선봉을 응시했다.

다른 사람 같으면 왜 그렇게 쳐다보느냐고 물을 텐데도 선봉은 그러지 않고 살며시 얼굴을 붉히며 고개를 숙였다.

그것이 그녀의 참으로 선한 성품이다.

탁!

화운룡은 결정을 내리고 문을 닫았다.

"옷을 모두 벗고 침상에 누워라."

"네?"

그의 난데없는 말에 선봉은 화들짝 놀라서 눈을 크게 뜨고 그를 바라보았다.

화운룡은 얼마 전에 손설효에게 해주었던 모든 시술, 즉 생사현관 타통과 신공체질의 변환, 벌모세수, 탈태환골을 선봉에게도 똑같이 해주려고 마음먹었다.

시기적으로도 지금이 가장 적당하다.

사봉의 선봉에게 그런 것들을 해주면 과연 어떤 결과가 나올는지 궁금했다.

하지만 그보다는 그녀를 하루라도 빨리 어엿한 선봉으로 만들려는 것이 더 큰 목적이다.

선봉은 깜짝 놀랐지만 곧 군말 없이 입고 있는 옷을 모두 벗고 나신이 되어 반듯한 자세로 침상에 누웠다.

화운룡을 진심으로 존경하고 믿기에 가능한 행동이다.

                    *   *   *

우두둑! 뚜두둑! 뼈거걱!

침상에 반듯하게 누워 있는 선봉의 몸에서 터져 나오는 엄청난 소리다.

화운룡이 선봉에게 생사현관의 타통과 신공체질 변환, 벌모세수에 이어서 마지막으로 탈태환골을 시전했더니 손설효 때와는 비교할 수도 없을 정도의 과격한 반응이 벌어지고 있는 중이다.

원래 탈태환골이라는 것은 뼈를 바꾸고 태(胎)를 빼내는 매우 고명한 무림의 수법이다.

살아오는 과정에 어긋나거나 비뚤어졌거나 굽은 뼈들을 바로 맞추고, 체내의 장기와 내장의 위치를 바로잡는 과정인데, 지금 선봉은 온몸이 거센 파도처럼 제멋대로 마구 뒤틀리는가 하면 몸이 침상에서 한 자나 펄쩍 솟구쳤다가 떨어지기를 반복하고 있다.

그런 엄청난 상황을 겪고 있으면서도 당사자인 선봉은 눈을 꼭 감은 채 매우 편안한 표정이다.

그녀는 자신이 지금 어떤 상황인지도 모르고 있는 것 같았다.

모든 과정이 폭풍처럼 지나간 다음에 침상에는 말도 되지 않는 상황이 벌어져 있다.

선봉이 칠공(七孔)에서 쏟아낸 체내의 온갖 찌꺼기들과 토사물, 배설물, 그리고 전신 모공에서 뿜어낸 찐득찐득한 체액이 침상에 흥건하게 고여 있고 그곳에 선봉이 매우 편안한 자세와 표정을 지은 채 누워 있다.

그녀는 깊이 잠들어 있는 모습이다.

옆으로 누워서 다리 하나를 구부리고 한 팔로는 무언가를 안고 있는 것처럼 몹시 편안하게 보였다.

화운룡은 주방에 가서 직접 물을 가득 채운 커다란 목욕통을 들고 왔다.

이어서 목욕통에 가득 찬 물에 손목까지 담그고 약간의 공력을 끌어올렸다.

츠으으······.

세 번 호흡할 정도의 짧은 시간이 흘렀을 뿐인데 극양지기에 의해서 목욕통 안의 찬물이 따뜻하게 데워졌다.

목욕을 하기에 적당한 온도다.

이어서 그는 침상가로 가서 선봉을 깨웠다.

"봉아."

선봉이 살며시 눈을 뜨는데 두 눈에서 아주 맑은 오색안광이 흐릿하게 뿜어졌다가 사라졌다.

"네, 사부님."

선봉은 잠들었던 자세 그대로 화운룡을 바라보며 배시시 미소 지었다.

"깜빡 잠들었나 봐요."

그녀는 곱게 이마를 찌푸렸다.

"그런데 몸이 움직여지지 않아요."

선봉은 손설효하고는 다른 반응을 보이고 있다.

손설효는 네 가지 수법을 시행한 이후 움직이는 데 별 이상이 없었는데 선봉은 꼼짝도 하지 못했다.

그러나 화운룡은 이상하게 여기지 않았다.

손설효에게 네 가지 수법을 실행했을 때보다 선봉이 몇 배나 더 과격한 반응을 보였기 때문이다.

그러나 걱정할 것은 없다.

사봉의 선봉인 그녀가 네 가지 수법을 한꺼번에 당했으므로, 추궁과혈수법으로 전신의 혈맥이 제대로 돌게 해주면 괜찮아질 것이다.

화운룡은 선봉을 가볍게 안았다.

"일단 씻자."

선봉은 침상에 악취가 풍기는 오물이 가득한 것을 발견하고 화들짝 놀랐다.

"아아… 사부님, 저것이 무엇인가요?"

"네 몸에서 나온 배설물과 찌꺼기다."

"배설물과 찌꺼기……."

선봉은 울상을 지었다.

"설마 저 부끄러운 것들이 나오는 광경을 사부님께서 다 보셨다는 건가요?"

화운룡은 그녀를 안고 목욕통으로 걸어갔다.

"내가 그렇게 만들었잖느냐?"

선봉은 고개를 숙여 자신의 몸을 보다가 질겁했다.

"아아… 제 몸에 다 묻었어요……."

"나도 묻었다."

"어떻게 해요……."

"괜찮다."

화운룡은 선봉을 목욕통에 던졌다.

화운룡은 손가락 하나 까딱하지 못하는 상태인 선봉을 깨끗하게 씻겨주고 나서 침상에 눕히고, 이번에는 추궁과혈수법을 전개해 주었다.

그러고 나서 운공조식을 시켰더니 기적 같은 일이 일어났다.

화운룡은 깨끗한 경장으로 갈아입고 침상에 가부좌로 단정하게 앉아 있는 선봉의 손목을 잡은 상태에서 적잖이 놀라는 표정을 지었다.

몇 번이나 확인을 해봤지만 결과는 똑같았다.

선봉의 공력이 원래 일 갑자에서 무려 삼백 년으로 급증한 것이다.

평범한 사람이 십 년 공력을 축적하려면 아무리 짧아도 일 년 이상 걸리고 보통 삼 년이 소요된다.

그런데 선봉은 화운룡이 생사현관 타통과 신공체질 변환, 벌모세수, 탈태환골을 시켜준 즉시 무려 이백사십 년 공력이 급증된 것이다.

'과연 사봉의 선봉이다……'

화운룡으로서는 전설을 인정할 수밖에 없는 상황이다.

선봉이 순진한 얼굴로 말했다.

"사부님, 제 몸속에서 거대한 강물이 흘러 다니고 있는 것 같아요. 정말 신기해요."

화운룡은 자상한 미소를 지었다.

"너의 공력이 삼백 년으로 증진되었기 때문이다."

선봉은 눈을 커다랗게 떴다.

"그게 정말인가요?"

선봉과 마주하고 있을 때의 화운룡은 팔십사 세 십절무황이 된 기분이 들었다.

그는 선봉의 머리를 부드럽게 쓰다듬었다.

"오냐. 현재 네 공력은 삼백 년이다."

선봉은 몸을 바르르 떨었다.

"삼백 년씩이나… 아아… 믿어지지 않아요."

선봉 역시 자신이 화운룡의 손녀인 것처럼 굴었다. 그럴 수밖에 없는 것이, 심심상인을 통해서 화운룡의 미래를 알았기 때문이다.

아까 화운룡이 선봉의 몸에 묻은 오물을 씻겨주었으며 이후에는 그녀의 온몸에 추궁과혈수법을 전개했는데, 화운룡이나 선봉 어느 누구도 그 상황을 이상하게 여기지 않았다.

현실의 잣대로는 화운룡이 선봉의 아들뻘이지만 설명할 수 없는 현상의 잣대로는 선봉이 화운룡의 손녀뻘이다.

"자, 받아라."

화운룡은 검 한 자루를 선봉에게 주었다.

"비룡운검 일초식을 전개해 보아라."

"여기에서요?"

"그래."

좁은 선실 안이지만 화운룡은 개의치 않았다. 그렇다고 갑판에 나가서 검법을 전개할 수는 없다.

많은 배들이 오가는 경항대운하에서 검법을 전개했다가는 졸지에 좋은 구경거리가 되고 말 것이다.

"네!"

선봉은 힘차게 대답하고 검을 받자마자 비룡운검 일초식을 전개하기 시작했다.

스스스… 사사사…….

그녀는 거의 제자리에 서서 춤을 추듯이 유연하게 검법을 전개했다.

검이 허공을 가르는 파공음 따위는 일절 흘러나오지 않고 미약한 바람 소리만 났다.

다섯 호흡 만에 선봉의 비룡운검 일초식 전개가 끝났다.

그녀는 검을 내리고 해맑은 눈으로 화운룡을 바라보며 기대 어린 표정을 지었다.

"어땠어요?"

화운룡은 자신이 보아왔던 비룡운검 일초식 중에서 선봉의 전개가 가장 완벽하다고 판단했다. 과연 사봉의 선봉이다. 전설은 정확했다.

그녀가 비룡운검을 완벽하게 터득한다면 전설이 무림에서 실현될 것이다.

화운룡이 고개를 끄떡였다.

"완벽했다."

"전개하는 동안 비룡운검이 정말 굉장한 검법이라는 사실을 깨달았어요……!"

"잘 봤다."

선봉이 탄성을 터뜨리자 화운룡은 자상한 미소로 화답했다.

방금 전에 선봉이 전개한 검법을 다른 사람들이 본다면 그저 너울너울 춤을 추는 것 같았겠지만, 선봉 자신이나 화운룡의 눈에는 전혀 달리 보였다.

만약 선봉이 실전에서 비룡운검 일초식을 전개한다면 조금 전보다 열 배 이상 빠르고 또한 소나기처럼 검강을 흩뿌려 내게 될 터이다.

"주군."

그때 밖에서 손설효의 공손한 목소리가 들렸다.

"저녁 식사가 준비되었어요."

"알았다."

세 사람은 경치가 좋은 배의 이 층 누각에서 호젓하게 저녁 식사를 하고 있다.

선봉은 밥 먹을 생각도 하지 않고 화운룡의 식사를 시중드 느라 바빴다.

그런데 손설효가 보기에 선봉의 시중은 너무도 능숙해서 마치 엄마가 아들을, 혹은 아내가 남편을 시중드는 것 같았 다.

하긴 사십삼 세인 선봉이니까 손설효보다 곱절은 인생살이 가 긴데 오죽하겠는가.

"됐다. 그만하고 밥 먹어라."

"네, 사부님."

선봉은 화운룡이 식사하는 데 불편함이 없도록 해놓고서 야 밥을 먹기 시작했다.

손설효는 자신이 마치 아주 낯선 이방인이 된 기분이 들었 다.

얼마 전까지만 해도 그녀가 화운룡의 최측근으로서 그의 모든 시중을 들었는데 이제는 그를 위해서 아무것도 하는 일이 없기 때문이다.

화운룡은 손설효의 그런 기분까지 이해하고 다독일 만큼 다정한 사람이 못 된다.

그렇지만 손설효는 화운룡을 누구보다도 잘 알고 있다고 자부하기에 그를 따라온 것을 후회한다거나 그의 곁을 떠날 생각은 추호도 없다.

선봉은 화운룡이 식사하는 도중에 자꾸 먼 하늘을 망연히 바라보는 이유를 잘 알고 있다.

"술 드릴까요?"

"어… 그럴까?"

선봉은 화운룡의 내심을 정확하게 짚었다.

그녀는 발딱 일어나서 주방으로 내려갔다가 술과 술잔 세 개를 가져왔다.

그녀는 화운룡에게 술을 따르고 나서 손설효에게도 잔을 내밀고 두 손으로 잡은 술병을 내밀었다.

"소저도 드세요."

선봉은 손설효를 상전처럼 깍듯하게 대했다.

그래서 손설효는 선봉을 미워할 수가 없다.

화운룡이 술 한 잔을 비우고 또다시 먼 하늘을 응시하는 걸 보고 선봉이 조심스럽게 입을 열었다.

"소 가주를 부르는 것이 어떤가요?"

"음? 진청 말이냐?"

"네."

선봉은 심심상인 과정을 통해 화운룡에 대해서 하나에서부터 열까지 속속들이 다 알게 됐으므로 그의 분신이라고 해도 지나친 말이 아니다.

그러나 손설효는 두 사람이 무슨 대화를 나누는 것인지 알아듣지 못했다.

소진청은 사신천가 중에 한 가문인 백호뇌가의 가주다.

백호뇌가는 개방을 훨씬 능가하는 비응신이라는 조직을 운영하고 있으므로 화운룡이 친히 소진청을 불러서 옥봉의 생사와 행방을 알아보도록 명령하는 것이 어떻겠느냐는 선봉의 제안이다.

"글쎄……."

사실 화운룡도 그런 생각을 하지 않은 것은 아니다.

하지만 백호뇌가를 움직이는 것은 천중인계의 주인 사신천제로서만이 가능한 일이다.

그러므로 화운룡이 백호뇌가에게 명령을 내린다면 죽은 솔천사의 유명을 받들어서 정식으로 제팔대 사신천제에 올라야만 하는 것이다.

선봉은 조심스럽게 자신의 의견을 말했다.

"그러는 것이 순리인 것 같아요."

"그렇게 생각하느냐?"

"어차피 천외신계를 괴멸시키고 천여황을 죽여야 하잖아요. 그러자면 사신천가 없이는 불가능한 일이에요."

손설효가 듣고 있지만 화운룡이나 선봉은 사신천가에 대해서 거리낌 없이 얘기했다.

화운룡이 계속 고민하는 것 같으니까 선봉이 그의 빈 잔에 술을 따르며 문득 청아한 목소리로 시를 읊듯이 말했다.

"일엽폐목불견태산(一葉蔽目不見泰山)이에요."

말인즉, 가랑잎 하나가 눈을 가리면 태산이 보이지 않는다는 뜻이다.

풀이하자면 화운룡이 뭔가 자그마한 꺼리는 것이 있어서 백호뇌가를 부르지 않는데, 그것은 쉬운 길을 놔두고 일부러 어려운 길로 가려는 우매한 짓이라는 일깨움이다.

즉, 반계곡경(盤溪曲徑)인 것이다.

"너……"

화운룡이 짐짓 엄한 표정을 짓자 선봉은 사과하는 대신 배시시 미소 지었다.

"또한 양두새이불문뇌정(兩豆塞耳不聞雷霆)이에요."

콩알 두 개가 귀를 막고 있으므로 우렛소리조차도 듣지 못한다는 뜻이다.

말하자면 선봉 자신이 충언을 하는데도 화운룡이 아예 들으려고 하지 않는 우를 범하고 있다는 것이다.

화운룡은 엄숙한 표정으로 선봉을 주시했다.

선봉은 넘지 말아야 할 선을 방금 넘었다.

제자가 사부를 가르치려고 든 것이 그것이다.

그런데도 선봉은 그를 보고 방그레 미소 지으며 말없이 바라보기만 했다.

"하아……."

이윽고 화운룡은 한숨을 내쉬더니 고개를 끄떡였다.

"네 말이 옳다."

"그렇죠?"

선봉은 다시 화운룡의 빈 잔에 술을 따르면서 사근사근한 목소리로 말했다.

"사모님께서는 무사하실 거예요."

"그럴까?"

"제 말을 믿으세요. 제가 누구죠?"

화운룡은 술잔을 들고 지그시 그녀를 바라보았다.

"선봉이지."

"그래요. 제가 바로 선봉이라고요."

손설효는 두 사람이 선봉의 이름을 갖고 말장난처럼 대화를 하는 것이라고만 생각했다.

그렇지만 두 사람은 사봉의 선봉을 얘기하고 있다.

손설효는 두 사람이 옥봉에 대해서 대화하고 있었다는 사실을 알아차렸다.

　　선봉이 '사모님은 무사할 것'이라고 말했기 때문이다.

　　　　　　　　　　　『와룡봉추』 15권에 계속…

초대형 24시 만화방

신간 100%, 샤워실, 흡연실, 수면실(침대석), 커플석, 세탁기 완비

■ 광명 광명사거리역점 ■

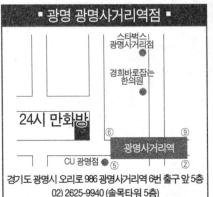

경기도 광명시 오리로 986 광명사거리역 6번 출구 앞 5층
02) 2625-9940 (솔목타워 5층)

■ 강북 노원역점 ■

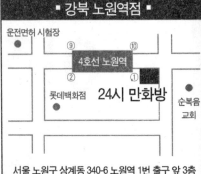

서울 노원구 상계동 340-6 노원역 1번 출구 앞 3층
02) 951-8324 (화용빌딩 3층)

■ 일산 정발산역점 ■

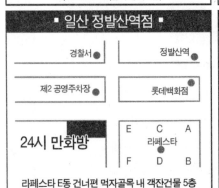

라페스타 E동 건너편 먹자골목 내 객잔건물 5층
031) 914-1957

■ 일산 화정역점 ■

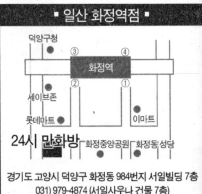

경기도 고양시 덕양구 화정동 984번지 서일빌딩 7층
031) 979-4874 (서일사우나 건물 7층)

■ 부천 역곡역점 ■

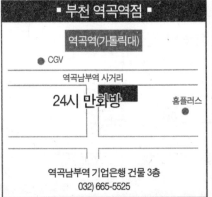

역곡남부역 기업은행 건물 3층
032) 665-5525

■ 부평역점 ■

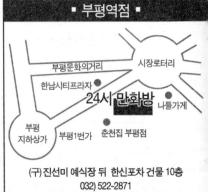

(구)진선미 예식장 뒤 한신포차 건물 10층
032) 522-2871

실명 무사

김문형 新무협 판타지 소설

FANTASTIC ORIENTAL HEROES

망자가 우글거리는 지하 감옥에서
깨어난 백면서생 무명(無名).

그런데, 자신의 이름과 과거가 기억나지 않는다?
잃어버린 기억을 되찾기 위해 망자 멸절 계획의 일원이 되는 무명.

망자 무리는 죽음의 기운을 풍기며
점차 중원을 잠식해 들어가는데……!

"나는 황궁에 남아서 내가 누구인지 알아낼 것이오."

중원 천하를 지키기 위한
무명의 싸움이 드디어 시작된다!

레저렉션
Resurrection

10000LAB 현대 판타지 소설
MODERN FANTASTIC STORY

"난민 수백 명을 치료했답니다. 혼자서요."

내전으로 수많은 사람들이 죽어나가는 아프리카의 한 나라.
그곳에서 폭격으로 부모님을 잃게 된 청년, 이도수.
홀로 살아남은 그가 얻게 된 특별한 능력.

"저는 생과 사의 경계에서 사람을 구하는 일이 좋습니다.
그게 제가 하루하루 살아가는 이유예요."

레저렉션(Resurrection: 부활, 소생), 사람을 살리다.

현대 의학계를 뒤집어놓을
통제 불가 외과의가 온다!